55首擁抱人間煙火的絕妙好詩

珍愛在唐詩

琹涵

目次

卷一——樹見行人幾番老

卷二——花徑不曾緣客掃

卷三——此情可待成追憶

卷四——花開堪折直須折

附錄

寫在前面

走自己的路，唱自己的歌，做自己的夢

人生是一條漫漫長途。

年少的時候，我站在路的這頭，眺望遠方。遠方一片迷離，我完全看不真切，怎麼樣也見不到末端的景象。會是繁花似錦？還是充滿了有趣的故事？我懷著希望，仍不免忐忑前行。挫折阻礙依舊存在，有時候我也灰心絕望，流淚哭泣，我一再對自己信心喊話：「要勇敢，要堅強，什麼都不怕！」

果然困難一一克服，我平安涉渡種種險境。

到了中年，在我回顧時，我終究明白，人生的路，走來何其艱難！歡愉總是太少而憂苦卻太多。那時候，我哀傷的心何所棲止？

的確，我在美麗的詩詞中，得到了恆久的安慰和鼓舞。美，從來是最大的悅樂，最好的療癒。尤其，提升了精神的層次，讓我們看到更廣袤的天地，更崇高的理想，也從而淡忘了世間的不幸和傷痛。

我由衷感激。

在唐詩裡經常出現哪些寫作題材呢？

我以為，文學創作的題材都是無所不包的。詩，何曾例外？世間多的是離合悲歡，人有喜怒哀樂，生命歷程中貧富窮通，交織成各式各樣的故事。詩人以他靈慧的心，巧手編織；也像春蠶的吐絲，留給我們動人的詩篇。

詩的極盛在唐。

唐詩是中國古典詩的巔峰。題材寬廣、流派紛繁、風格多樣、詩人輩出，佳作無數。不論詠史抒懷、深宮閨怨、邊塞烽火、田園山水、愛情戀曲、羈旅遊子、琴棋書畫等，都能被描述和歌詠，佳作紛陳。或豪放或婉約，或邊塞或田園……

那真是一個百花齊放，美不勝收的年代。吟詩寫詩彷彿成了全民運動，舉凡帝王將相、才子佳人、黎民百姓、村叟樵夫，無不熱心參與。詩人宛如群星璀璨，熠熠生輝，令人仰望。唐詩思想和內容深刻，藝術技巧高超絕倫，流傳千古，終究成為中華文化的瑰寶，中華兒女永遠的驕傲。

我們多麼幸運擁有唐詩，而且不斷的受到它的薰陶。歡喜時讀唐詩，哀傷時讀唐詩，困頓流淚時更要讀唐詩。詩，讓我們成為溫柔敦厚的人。

您有特別喜歡的詩人和詩作嗎？

那是必然的。

讀詩從童年開始，也從簡單的五言絕句和七言絕句開始。字數不多，音韻鏗然，我把它當兒歌唱，唱得歡天喜地，一派天真浪漫。不曾深究內容，也沒有字字解析。長大了，上學了，在國文課本裡和那些詩「相逢」，那種感覺好特別，真像是久別重逢的無限歡愉。

後來，我進了中文系，讀詩的機會更多，更能領會唐詩的堂奧之美，是怎樣的幽深與寬闊！我們不只在課堂上讀詩的源遠流長，還有習作呢。近體詩的講究平仄、韻腳，甚至還有對仗。習作以後，更能明白寫就一首好詩未必如想像中的容易，對於唐詩或歷代好詩更覺得佩服了。

初讀詩的朋友，可以由選集入門，如《唐詩三百首》，就是一本極佳的選本，有很多詩人及其詩作，都輕易可以找出自己喜歡的。從興趣著手，往後再做更深入的欣賞，並旁及其他詩人和詩作。

年齡的不同，人生閱歷的深淺，會讓我們喜歡不同的詩人和詩作。

我年少時喜歡王維和孟浩然的詩，後來我喜歡白居易、韋應物，然後我喜歡李白、杜甫，我也喜歡李商隱。

或許，和我那時的心境和歷練有關。

如何知道自己喜歡怎樣的詩呢？

我以為，詩是靈魂的召喚和回應，當你接觸時，你就會明白。

如果你說，為什麼對某些名家詩作，我會沒有感覺呢？

那可能是還未到時候，尚未水到渠成，或許還需要再稍等一些時日。也有可能是彼此磁場不盡相同，未能莫逆於心。這也像是朋友論交一樣，其中也有幾分緣分呢。有的人我們一見傾心，恨不能時相往還；也有的人我們漸行漸遠，逐而疏離終至失去聯繫。

每首古詩都呈現出詩人對生命的領悟，現代人如何與古人產生共鳴呢？

人生的困境是極其相似的，無論古今。

小時候，我們不覺得世路崎嶇艱難，那是因為或許我們幸運的處在一個安定承平的年代，戰爭在遙遠的他方，不聞戰火；加以有父母庇護和疼愛，現實的殘酷不曾觸及我們，於是，我們求學、工作，諸事順遂。

可是，我們總會長大的，獨立之後，我們迎向風雨，生命的考驗持續出現，或坎坷或困頓或疾疫或流離……被誤會、中傷、陷構也是可能的，甚至背負著冤屈卻無法辯白，心中有著無人理解的曠古寂寞。

人間行路，當我們走過越多，心境越是蕭索荒涼，此時讀詩最好，歷代經典詩作，常能讓我們得到很大的慰藉。原來，古詩人早已經歷過這些，而留下了字字珠璣，那些詩都是我們心靈的知己，陪著度過這孤寂的時光，讓我們清楚的知道，這樣的共鳴何其珍貴，跨越了時空的遙遠隔離，而能相互應和與理解。

好詩的魅力與影響，遠超出我們的想像，是中華文化的珍貴寶藏，好詩永流傳，歷經千秋萬世，不會磨滅。

讀唐詩有什麼用呢？

也許，讀唐詩未必有現實上實質的好處，卻可以在精神上給予撫慰、鼓舞，讓你成為更好的人，更有勇氣，也有力量。

我親近唐詩是因為我喜歡。詩的雋永與美，帶給我滿心的歡愉，它讓我的心靈豐足自在，活得更加快樂，我並不以為它需要有用。

當我進入職場，一旦面臨人生強風暴雨的侵襲，有時也充滿了艱難困頓，讓人難以堅持前行，就在信念即將崩毀之際，詩成為我的救贖，它讓我可以持續前進，終究跨越苦難。

奇怪的是，在那時，閱讀小說或劇本，彷彿是船過水無痕。明明是認真的讀過，卻很快的遺忘。怎麼會這樣呢？何況，我的記憶力一向是很不錯的，我完全無法理解。

詩，給了我安定的力量。

或許讀詩，尤其是唐詩，能讓我忘卻紅塵擾攘，心中的結解開了，困頓也成為過去了，讓我重新看到朗朗晴空。

我的確是這樣走過一個又一個艱困的考驗。

我垂下眼來，我真心感謝詩給予的心靈支持。

一本書的完成

因為愛，又因為有其他情緒的介入，於是在意，於是執著，讓放下變得困難。

不能理性的選擇，有時也讓事情更為棘手。

我們終於明白，放下是功課，其中蘊含著智慧。

想一想，在這個世界上，有什麼會是我們永遠擁有的？

再愛的兒女遲早會長大，成家立業，有屬於自己人生規畫和追求。

任何一樣收藏，即使價值連城，也只是暫時的保管，終究很難永遠屬於個人所有。

而我們呢？我們會年邁老去，財富、名望、健康……都會一一的失去，最後，連一己的生命也灰飛煙滅。歸於塵土，歸於天地。

既然這樣，所有的執著，不也顯得太可笑嗎？

好朋友問我：「如果不須為衣食奔忙，到底妳想做什麼呢？」

我說：「行善和修行。」

修行是個人修持，讓自己的品學更臻美善；行善則是推己及人，讓世界更為美好。我以為，我的人生意義在此。

仔細想來，既然如此，也許，現在就應該開始了，無須等待以後。

只要想做，為什麼還要等待？只要真正想做，又何愁沒有時間？

放下紅塵牽掛，只要世俗的責任已了，我們都該走自己的路，唱自己的歌，做自己的夢。

在寫作不輟裡，經歷了漫漫歲月，我的確走了自己的路，唱了自己的歌，也做了自己的夢。

《珍愛在唐詩》以生活故事和唐詩搭配，有許多和人相關的篇章，或悲或喜，都是人生的滋味。此書的推出，細節繁瑣，絕非成於一人之手，而是群策群力的結晶。需要感謝的人太多，無法一一道謝，相信大家都明白我內心的感激。

我們收錄了一篇〈生命的溫度：再遇作家琹涵〉，作為紀念，特別謝謝湯崇玲老師的偏愛和鼓勵。

琹涵

二〇二三年暮春

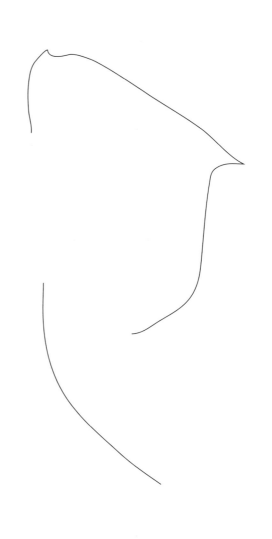

卷一

樹見行人幾番老

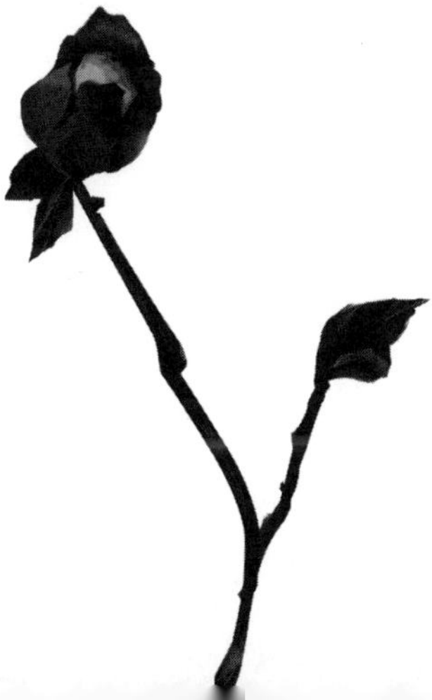

初三睏到飽，老鼠忙娶親

年年春節，都是孩子們最為歡欣鼓舞的日子，已經放寒假了，整天就巴望著這個大節日的到來。孩子們總是跟著大人，從除夕的拜拜、圍爐，年初一的拜年、走春，年初二跟著媽媽回娘家，總要大吃大喝，四處去玩。那麼年初三呢？吃飽喝足，也玩累了，睡覺最好。

年初三，在民間的習俗上，是老鼠娶親的日子。

平日，尤其是在農家，老鼠為患，人人追打，就怕老鼠吃了穀糧，偷了燈油，還傳播病菌，像漢他病毒，萬一受到感染，還可能引起肺部症狀，甚至腎衰竭而致命呢。人人聞鼠變色，恨不能除之而後快。

恐怕也只有在年初三，既然老鼠要娶親，也就暫時放下往日的恩恩怨怨，還很有人情味的，在入睡以前，推測老鼠可能的路徑，留下一些穀糧食物，用以表示道賀之意。

既然老鼠要娶親，我們盡早熄燈，鑽進被窩，不要打擾老鼠的娶親大喜事。現在想來，是很同理心的看待。

還記得讀小學的時候，我們班上曾經演出《老鼠娶親》的舞臺劇。是兒童節時在學校的禮堂登臺表演，師生同樂。故事是這樣的：老鼠爸爸有個小女兒，小女兒長大了，長得如花似玉，遠近馳名。老鼠爸爸一心想要替小女兒找個好丈夫，可是要找什麼樣的人來當女婿呢？老鼠爸爸心裡想，我的女兒這麼漂亮，有如花兒一朵，人見人愛，當然，一定要找世界上最強的人來當我的乘龍快婿，那才匹配啊。於是，老鼠爸爸四處找啊找，找到了太陽、雲朵、風和牆，可是找來找去，詢問再三，最後發現，在這個世界上，原來最厲害的還是老鼠阿郎呢！終於，老鼠爸爸要歡歡喜喜的嫁女兒囉！就這樣，敲鑼打鼓嫁女兒。

我讀《全唐詩》，讀到曹鄴的〈官倉鼠〉一詩：

官倉老鼠大如斗，見人開倉亦不走；
健兒無糧百姓饑，誰遣朝朝入君口？

官府糧倉裡的老鼠長得真大啊！一隻隻肥大得像量米的斗一樣，走起路來搖搖擺擺，神氣活現，看見人來開啟糧倉毫不害怕也不走開。因為牠們不停的偷吃米糧，害得守衛邊疆的將士沒有糧食可吃，辛勞的老百姓也都在挨餓，究竟是誰天天把糧食送到老鼠口中的呢？

這是一首把貪官汙吏比作官倉老鼠的諷刺詩。官倉裡的老鼠吃得飽飽的像斗一樣肥大，這些膽大妄為的老鼠竟然到了見人開倉也不躲不逃的地步。官倉裡的糧食被你們糟蹋得使守邊的將士沒飯吃，老百姓受饑挨餓，到底是誰天天把糧食送進你們口裡的呢？

這最後的發問，何止令人深思，簡直是憤怒至極。

唐朝末年，藩鎮割據，朋黨傾軋，宦官專權，從皇帝到縣吏，無不貪殘暴虐，國政被搞得烏煙瘴氣，民變四起，後來終於爆發了黃巢之亂。這首詩便是在晚唐這樣動盪的社會背景下寫成的。詩借官倉老鼠，諷刺那些吮吸老百姓血汗的貪官汙吏。

遭逢亂世，一到災荒之年，官倉內積滿糧食，老鼠吃得肥大如斗，下層士兵和窮苦百姓卻忍饑挨餓。人民不過有如草芥，多麼讓人不忍。

還好，我們不曾遭逢這樣的不幸……

如今，我們都長大了，距離童年日漸遙遠，然而，童年的記憶卻清晰如昨。也許，純真的過去總是難以磨滅的吧。父母逐漸老邁而遠逝，我們有淚如傾，卻又清楚的知道，更年輕的一代帶著稚嫩的童音飛奔來到我們的世界。

春節的快樂，永遠是屬於孩童的。

臺灣俗語說：「初一早，初二早，初三睏到飽。」民間認為正月初三諸事不宜，因此不必勞動做事。無論「赤狗日」或「老鼠娶親」，真正用意都是要大家充分休息。能睡到飽足，多麼好。

或許，睡飽了，有力氣了，就來跟小朋友說「老鼠娶親」的故事吧。

曹鄴（約八一六～八七五）

【簡介】

字鄴之，自小勤奮讀書，在長安居十年，屢試不第。宣宗大中四年登進士第，曾為天平節度使掌書記，後歷任太常博士，又升吏部郎中等職。中年辭官寓居桂林，隱居以終。後人輯《曹祠部集》二卷行世。《全唐詩》編詩二卷。

【文學評價】

擅長作詩，尤以五言古詩見稱。詩作反映社會現實，針砭時弊。與晚唐詩人劉駕、聶夷中、邵謁、蘇拯齊名。明朝鍾惺、譚元春《唐詩歸》評：「鐘云：此君豔詩好手，以快情急響為妙，而少含蓄；若含蓄則不能妙，選者無處著手矣。」清朝《龍性堂詩話初集》曰：「晚唐之曹鄴，中唐之孟郊也。逸情促節，似無時代之別。」

騎單車的時光

小時候，在鄉下讀書。童年時，我們走路上學，往後的學校在鎮上，離家比較遠，我們常騎著單車上學。

雖然也有客運車，可惜班次很少，一天也不過三、四班，若要靠它上下學，不雞飛狗跳才怪。好像也沒有人這樣做，不是走路，就是騎單車。還是以騎單車最多，或許也是因為方便。

尋常的日子，我們都騎著單車前行，可快可慢；尤其，在有陽光或微雨的日子裡，另有一種悠閒的況味。

那時候，單車是我們外出時重要的交通工具。寒暑假時，不必上課，我們甚至可以吆喝著大夥兒，騎著單車到處去玩，多麼的愜意自在。其實，休閒和運動兩者兼具，而且不需花費。

有時候，我們也相約騎著單車到其他的鄉鎮或原野玩，也曾路過不少的廟宇，如五王廟、福德宮等等。寺廟的歷史悠久，環境清幽安寧，綠意亦多，漫步其間，令人更加心平氣和。

長大以後，我在《王維詩文集》裡，讀到他的〈過感化寺曇興上人山院〉：

暮持筇竹杖，相待虎溪頭。
催客聞山響，歸房逐水流。
野花叢發好，谷鳥一聲幽。
夜坐空林寂，松風直似秋。

黃昏時，和尚手裡拄著筇竹杖，在寺院外的溪水邊等著我。催促客人快來的聲音引起整座山谷的迴響，我與和尚一起循著水流回到了寺院。山裡野花處處，綻放著美麗，驀然谷裡的鳥兒一聲鳴唱，更顯出整座山的幽靜。夜晚時，我坐在空無一人的林子裡，四周一片寂靜，只聽到風吹過松林，宛如秋天一般。

年少時的記憶，彷彿重上了心頭……

單車騎著騎著，一轉眼我們都大了，我到城裡讀高中，然後又到臺北上大學。騎著騎著，距離青春的歲月似乎也越來越遠。

長大以後，我在大都會工作，搭乘公車上下班，也算便捷，幾乎不再騎著單車四處閒逛了。馬路如虎口，行人小心走。我想，我還是安步當車的好。

或許，也是表示我對自己的騎車技術不是那麼有信心吧？

有時候回鄉下探視親友和兒時的玩伴，看到別人騎單車的優游自得，還是很羨慕，可是我有太多年沒騎了，可不知單車是否還記得我呢？

有人說：「騎單車和游泳，一經學會，終身都不會忘記。」

真的嗎？多麼希望這話會是真的。

我以為，騎單車最好是在鄉下，空氣好、風景美，加以汽機車的流量少，讓心情可以更加的輕鬆愉快。

王維（七〇一～七六一）

【簡介】

字摩詰，少年時即工詩善畫，通曉音律，藝術素養極高。王維的母親虔誠奉佛，對他有極大影響。青年時期政治抱負與人生態度積極，二十一歲進士及第。一生曾經歷開元的太平盛世，也遭受過天寶年間安史之亂的顛沛，甚至身陷囹圄，安祿山兵敗後，王維得到赦免，任太子中允，後轉尚書右丞，世稱「王右丞」。晚年居輞川，過著賦詩禮佛的閒適生活。著有《王右丞集》。

【文學評價】

多才多藝，其詩、書、畫皆有名，擅長各種詩體，以五言絕句與律詩著稱。早期詩作富有進取精神，或譏諷宦官，或書寫邊塞、遊俠等詩篇，具有雄渾的氣勢與豪情；後期因世途險惡，崇奉佛教，歌詠山水，描寫山水田園的退隱生活，追求清靜閒適，風格恬淡質樸。

王維的詩在其生前與後世皆享有盛名。唐代宗曾譽之為「天下文宗」（《答王縉進王維集表詔》）。唐末司空圖則讚其「趣味澄，若清之貫達」（《與王駕評詩書》）。蘇軾評王維詩作云：「味摩詰之詩，詩中有畫；觀摩詰之畫，畫中有詩。」後世譽其為「詩佛」，與「詩聖」杜甫、「詩仙」李白並提。

珍藏美好時光

鄉下，常有小溪。

得閒時，我們經常跑到溪邊去聽水聲，溪水總是流動不歇的，潺湲而過；就在回首時，我們才驀然發現，那不也像是歲月，總是無法停留？

我們也常在水邊讀詩，就著流水的清音，我們說著心事，少女的情懷如夢，那時候，我們都太年少了，哪裡知道人生充滿了艱險？

長大了，我們在城市裡討生活，搭著公車上上下下，日日追著行事曆跑，老讓我們精疲力竭。一遇到假日，累得只想好好睡覺，再也沒有力氣顧及其他。想起溪邊水聲，多麼遙不可及，也只能在夢中相逢了。

偶爾興起到溪邊，由於機會難得，便也十分珍惜。

可是，卻覺得似乎沒有年少時候那麼詩情畫意了。這是怎麼一回事呢？是因為距離天真未鑿已然遙遠？還是在現實的摧折之下，太過疲累了？心中不免有些失落。

有時候，偕老朋友重返溪邊，言笑晏晏，且行且歌，彷彿往日的情懷又被喚回。或許，溪邊依舊，真正大異其趣的，是我的心境。有老朋友相伴，似乎我們又回到了昔日，溪流潺湲，足以撫慰塵世的傷痛。

只是，還是有些不同了。

也許，是水聲帶走了我原本悠閒的心情，畢竟那樣單純的歲月早已一失而不再可得了。

除非我重回年少，然而，又怎麼可能呢？

時光的腳步彷彿越走越快了，我們在後頭苦苦追趕，拚命大叫「等等我啊，等等我啊！」時光絕情的別過臉去，從來不曾為我們停留。這時，我們的青春早已遠逝，一轉眼，我們已經跨入了人生的中年。

我們無言，卻不免有著幾分驚懼。

記得唐詩中，有許渾的〈秋思〉：

琪樹西風枕簟秋，楚雲湘水憶同遊。
高歌一曲掩明鏡，昨日少年今白頭。

琪樹的柔條在西風中搖曳，秋日的涼意已經上了枕席，還記得吳楚湘鄂的雲山江水，曾與好友們一起賞遊。當年曾放懷高歌，如今卻掩著明鏡不敢看自己的容顏，昨日曾是翩翩少年，今朝已是白髮滿頭。

是的，果真是「昨日少年今白頭」，韶光無可挽留，對誰都一樣。我的心中歡喜淡去，卻也只得學會接受，這是人生的功課。我努力告訴自己，縱有沉重的憂傷，也應該忘卻。

就記得那些美好的時刻吧，美好，才值得我們收藏和記憶。

許渾（約七九一～八五八）

【簡介】

字用晦，為武后朝宰相許圉師的六世孫。先後擔任當塗尉、太平縣令。後擔任監察御史，因病乞歸。後復出仕，歷任州司馬、刺使等職。晚年退隱，居丹陽丁卯橋，自編詩集，為《丁卯集》。

【文學評價】

其詩作體裁多為律詩與絕句，句法圓穩工整，清代文學家田雯《古歡堂集．雜著》曾評曰：「聲律之熟，無如渾者」，著名詩人杜牧、韋莊以及宋代陸游皆極其推崇。《全唐詩》收其詩十一卷，存詩五百餘首。

童年的夢想

童年時，我多麼想要一個洋娃娃而不可得。

艱困的童年，父母為衣食而奔忙，席不暇暖，當然，也就顧不了我想要洋娃娃的夢了。那時候，整個社會普遍貧窮，家家都沒有什麼多餘的錢，有些小朋友連鞋子也買不起，上學時還打著赤腳呢。

有一年，讀小二的妹妹拿了學期第一名，她的級任老師說，她可以要一份禮物。我不斷的慫恿妹妹要一個洋娃娃，妹妹不為所動，結果她要了一個小皮球。心滿意足之餘，下課後總是拍著她的小皮球玩。

盼啊盼啊，國小的畢業典禮都舉行過了。驪歌輕唱，別離就在今朝，鳳凰花開得如火如荼，彷彿要滴出血來。酷暑的盛夏，氣溫很高，充滿了熱情。我所有的希望都落空，拿了很多獎品，各式各樣的，卻沒有一個洋娃娃。

「洋娃娃，洋娃娃，我要洋娃娃！」我心裡吶喊著，卻沒有人聽到，留給我的，只是無邊的寂寞。

十三歲的那年，上了初中。我自覺已經是個大孩子了，遇到過年，年味也跟著淡去，那種穿新衣戴新帽的熱切期待也似乎遠逝了。

這時，我收到了一份禮物。是爸爸送的。

打開來一看，居然是個洋娃娃。

可是，我已經不是愛玩洋娃娃的年歲了。

我內心的感覺很特別，擺盪在了解與不被了解之間。從來我就是個安靜的孩子，不太披露內心的思維，這時更是欲說還休。

「再見了，我的童年！」那一刻，我終究告別了自己的童年……

然而，正由於童年時那個要不到的洋娃娃，讓我在逐漸長大以後更加明白，世間有多少人事物，或跟我擦肩而過或完全無緣相遇，有多少我所衷心喜愛的，卻也可能注定錯失，終身都不能相逢。於是，也讓我學會珍惜，珍惜世間的好緣，也珍惜所有的相會。往後，人生旅程上，我擁有了很多美好的情誼，我也寬闊的包容和願意諒解一切。這讓我遭逢的挫敗不多，溫馨的回憶滿懷。

也讓我人生的路走來更加的平坦順遂，我以為，這是童年時的那個我夢裡期盼的洋娃娃教會我的。

我不再年輕了，人生的黃昏逐漸近了，滿天雲霞恐怕會是最後的一抹絢麗了。這時，來讀李白的〈秋浦歌十七首其十五〉，心中別有情懷：

白髮三千丈，緣愁似箇長。

不知明鏡裡，何處得秋霜？

白髮長到三千丈，只因為憂愁也像這樣的長。在明亮的銅鏡中，白髮有如秋霜，真不知道是從何處得來？

是的，韶光一去不會復返，一如大自然裡的花兒開落，春去春來，我們終究是要老去的。那麼，就平靜的接受吧，或許，其中也蘊藏著上天的教誨。

我很感恩，平凡的我能擁有還算平順的人生，能蒙受上天的恩寵，已經是太豐碩的收穫了，遠遠超出了我的預期。

李白（七〇一～七六二）

【簡介】

字太白，號青蓮居士。兒時即開始讀諸子史籍，少年時即喜好作賦、劍術、奇書與神仙，「五歲誦六甲，十歲觀百家」（《上安州裴長史書》），「十五好劍術」（《與韓荊州書》），「十五遊神仙」，「十五觀奇書，作賦淩相如」，所受的教育與學習內容包羅萬象。曾拜著有《長短經》的趙蕤為師，這段學習的時期對李白影響深遠。青年時期開始在各地遊歷，幾乎漫遊半個中國，寫下許多展現其藝術才能的優秀詩篇。中年時期被玄宗徵召入京，但只是以文學辭章見重，並無官職實權。李白雖有施展抱負之心，但一直到晚年仕途並不順遂。李白一生創作大量詩歌作品，藝術成就之高，詩作傳頌千年而不絕。

【文學評價】

李白擅長的詩歌體裁很多，多種體裁都留下了千古名作。作品內涵豐富，文字明朗活潑，詩風浪漫奔放，行雲流水，想像豐富，同時也擅長運用樂府民歌語言，呈現自然率真的風格。有「詩仙」、「詩俠」、「酒仙」、「謫仙人」等稱呼，與杜甫合稱「大李杜」。

賀知章曾讚歎李白：「天上謫仙人」。杜甫對李白的評價甚高，稱讚他的詩：「筆落驚風雨，詩成泣鬼神。」（〈寄李十二白二十韵〉），也曰：「白也詩無敵，飄然思不群。」（〈春日憶李白〉）韓愈對李白也極為推崇，有詩句云：「李杜文章在，光焰萬丈長。」（〈調張籍〉）唐文宗則下詔將李白的詩歌、裴旻的劍舞、張旭的草書稱為「三絕」。

以愛來回報

意志力，是重要的，也是珍貴的。

我幾乎不算命。因為我受母親的影響深遠，她從來信靠的是自己，相信事在人為。江湖術士之言，豈在她的心上？

年輕的時候，我曾經去算了一次命，看的是手相。

我不知手上那細細的紋路，到底會洩漏什麼天機？可是，我的好朋友說：「算命的人都很想算一個不同的命。」地點在她家的隔壁。那是個老先生。義務算命，只是興趣，分文不取。

老先生大約有八十多歲了，精神甚好。他執起我的手掌心，認真的看了好一會兒。跟我說的第一句話是：「妳是哪一行的？」

好朋友快快的代答：「教書，我們是同事。」

沒有想到老先生再問了一次：「妳是哪一行的？」

答案，當然還是一樣。

我心中狐疑，難道我不像教書的嗎？唉，我還很費力的，死命想要把每個學生都教好，一個都不能少呢。

老先生說：「妳的意志力很強。」

停了一會兒，又遲疑的問：「妳除了教書以外，還有做什麼事嗎？」

「寫一點文章。」

「妳很有名。」

那時候我才出了四、五本書，不多。名利，距離我實在很遠，遙遠得有如天上的星辰。

不多久後，老先生過世了。

距離三十多年以後的今天，再回想起這件事。算命之事，也只是好玩，不必深信。如今的我未必有名，但的確是有一點意志力，經得起挫折失敗，還願意一試再試，不肯輕言放棄。

老先生不知，寫作裡，有母親對我的殷殷期許和愛意深濃。我不忍拂逆，所以常常鼓勵自己，務必勉力而為。也因為實在寫太久了，累積起來，終於看到了一點小小的成績。

想起，大詩人孟郊最為膾炙人口的〈遊子吟〉：

慈母手中線，遊子身上衣；
臨行密密縫，意恐遲遲歸。
誰言寸草心，報得三春暉？

慈母手持著針線，縫出了遊子身上所穿的衣裳。當兒子就要出遠門的時候，母親更是一針一線細細密密的縫著，心裡更記掛著他不能早日回來。這樣對照看來，有誰敢說兒子那細微的像寸草一般的心，能報答得了慈母如同春陽的一片深恩呢？

母親對我的照顧，何止在衣食的溫飽和周全，更重要的是在人生旅程上的帶領。如何活出生命的意義和價值？才是她念茲在茲的。

寫作，成為作家，曾經是母親對我的期待。我以不間斷的努力，得以年年出書，本本都漂亮，來報答她的浩瀚慈恩。

我夠認真。只要如今已在天上的母親明白，那就好了。世俗的名利，對我而言，有如天邊的浮雲，轉眼沒了蹤影，確實從來不曾放在心上。

愛的給予，也唯有以愛來回報。

孟郊（七五一～八一四）

【簡介】

字東野，湖州武康（今浙江德清）人，孟浩然孫。現存詩歌五百多首，以短篇的五言古詩最多。

孟郊一生在艱苦中成長，堅持操守，耿介不阿，以耕讀自勵。

【文學評價】

他和賈島都以苦吟著稱，又多苦語，蘇軾稱之「郊寒島瘦」，後來論者便以孟郊、賈島並稱為苦吟詩人代表，元好問甚至嘲笑他是「詩囚」。

我的手作

你會喜歡手作嗎？你手作的成績如何？

我的手作不差，我以為，那是來自母親的遺傳。我的母親手巧心慧，然而，我也可能成為「能幹媽媽笨女兒」，幸好，我不算是。可惜後來我去寫作，在那個沒有電腦的年代，既然被戲謔為「爬格子」，也算是手作嗎？我不知道。只是，寫作嘔心瀝血，力氣耗盡，加以越來越忙，心思早就不在乎日的手作上了。幾十年下來，生活越過越簡單，欲望也跟著大減。我覺得，我的手作成績好像有著明顯的退步，不只廚藝變得平凡了，速度跟著減緩，手也越來越笨拙了，真的有一點糟。

最近，我比較清閒，心想，總要找一點小事來做做吧，否則，不知何以遣此漫漫長日？正好我臺南的朋友在電話裡跟我說：她要包餛飩。我說：「可是冷凍時，邊角可能會碎裂。」其實，這也是我不喜歡自己做冷凍餛飩的原因。

她很驚奇的說：「哪會？」

我們又繼續談了一會兒，原來她用的是一種新的包法，她說，是她嫂子教她的。狀似燒賣。但是記得，口要撮在一起。

這樣，我就懂了。

第二天，我便試著來包，餡和水餃的近似，還要絞得更細一些。只包半斤餛飩皮，卻用了我近一個小時。中間還停下來吃午餐，我忘了問：「封口要怎麼封？」

想當然耳，一定是用水黏起來的，卻又覺得，怎麼看，似乎都不那麼牢靠？將就吧，也只好這樣了。希望下水烹煮時，千萬不要四分五裂、碎碎平安。更不要開口糊成了一團，才好。

回想往日時光，到底是誰教會我包餛飩的呢？應該也是媽媽吧？

那時候，我們住在糖廠的宿舍。是日式建築，木造的房子，曲徑通幽。南部鄉下的夜晚，還有螢火蟲一明一滅的閃爍，我們也常在院子裡數著星星，直到沉沉睡去。

長大以後，我讀起杜牧的〈秋夕〉，竟彷彿是再一次回到年少的日子。

詩是這麼寫的：

銀燭秋光冷畫屏，輕羅小扇撲流螢。
天階夜色涼如水，臥看牽牛織女星。

秋夜銀色的燭光，映照在冷冷的雕花的屏風上，拿著輕紗做成的小巧扇子，想要追著捕捉那從眼前飛過的螢火蟲。夜已深了，石階清涼如水一般，安靜的坐著，凝視著天上的牽牛和織女兩顆星……

這詩描寫出秋夜的美，多麼讓人難忘。

更讓人時時記起的是往日的點點滴滴，伴隨著回憶，溫馨甜美裡總是微帶著惆悵。

我還記得讀大學以及剛教書時，有許多個寒暑假的夜晚，我常在家裡包餛飩給弟弟妹妹們當消夜吃，現包現煮，在一片熱氣蒸騰裡，那是記憶裡溫暖的夜。

我自己是不吃的。

在弟弟妹妹的眼裡，我這個姊姊恐怕也是有點兒奇怪的吧。

或許，不愛吃的姊姊更好？我從來不曾問過。

杜牧（八〇三～八五二）

【簡介】

字牧之，號樊川。出身於顯赫的官宦世家，祖父杜佑曾任宰相。少年時期已展現其文學才華與政治抱負，博通經史的他尤其關注治亂與軍事，二十三歲時寫下著名的諷刺時事之作〈阿房宮賦〉，二十五歲作長篇五言古詩〈感懷詩〉，表達對藩鎮問題之見。二十六歲考中進士，授弘文館校書郎職，最終官居中書舍人（中書省別名紫微省），人稱「杜紫微」。晚年居長安南樊川，後世稱「杜樊川」，著有《樊川文集》。

【文學評價】

詩文皆擅長，在唐朝並不多見，清代洪亮吉評曰：「有唐一代，詩文兼擅者，惟韓柳小杜三家。」杜牧的長篇五言古詩風格強勁有力，也擅長七律，是晚唐時期最擅長七律的詩人之一。其絕句詩作語言清麗，情韻綿長，在藝術上別具一格，為後人所推崇。時人稱其為「小杜」，以別於杜甫；又與李商隱齊名，人稱「小李杜」。清代管世銘

《讀雪山房唐詩序例》曾評：「杜紫微天才橫逸，有太白之風，而時出入於夢得。七言絕句一體，殆尤專長。」明朝楊慎《升庵詩話》曾評：「（杜牧）詩豪而豔、宕而麗，於律詩中特寓拗峭，以矯時弊。」

一箱零食

你常吃零食嗎？愛不愛呢？

老同學知道，我剛做完眼睛手術暫時不能閱讀寫作，怕我無聊，火速寄了一箱健康零食來，她說：「現在，妳終於有時間吃零食了。」

謝謝她的美意。我根本不敢說，我不愛吃零食。

以前忙到沒有時間吃，現在不忙了，可是，對吃零食，我不太有意願。

愛吃零食，也會是一種習慣吧？

或許，因為小時候太窮，在那個社會普遍貧窮的年代，一般家庭，食指浩繁，能有飯吃，不挨餓，就很好了。

會不會也是在那樣的情形下，我只吃正餐，沒有消夜，當然，也不吃零食？

那麼，我們家誰最愛吃零食呢？恐怕是小弟。

有一天，我和鄰居好朋友談起來，她說，她小時候到哪裡哪裡玩，又吃了什麼什麼好東西，我很驚奇，覺得她很好命。她和我家小弟同年，小我很多歲，其實，仔細想想，到那時候，我們的家境也已經得到不少的改善了。我家小弟小時候還延師學小提琴呢。

後來，我們都長大了，不同的童年，讓我們在某些嗜好上顯得不太一樣。例如，他愛吃零食，我則不。

有一次我外出，推門出去，小弟正要進來，他抱了一大堆零食，恐怕有十幾樣吧。看到我，問：「姊，要不要吃？」我搖搖頭，我們錯身而過。

東西絕對是賣給喜歡的人，小弟的零食，我的書，的確有幾分道理。

每個人各有所愛，也是尋常事，無須驚怪。飲食上的差異更大，興趣上的分別也是，平常心看待就好。

記得，在年輕的時候，也曾有好長的一段時間，我熱衷美食，四出尋訪，大吃大喝，經常請客，舉座皆歡。可是，那段歲月很快的也成為過往雲煙。

最近我讀唐詩，杜甫有〈九日藍田會飲〉的詩：

老去悲秋強自寬，興來今日盡君歡。
休將短髮還吹帽，笑倩旁人為正冠。
藍水遠從千澗落，玉山高並兩峰寒。
明年此會知誰健，醉把茱萸仔細看。

人到年華漸老時，面對著秋天，不免有些傷悲，但仍要強自寬解，很高興今天又遇重陽佳節，我們要盡情的歡樂。我年老髮短，怕帽子會被風吹去，就笑著請旁人替我戴正。藍水遠遠的從千澗裡流下來，高聳的玉山並恃著兩峰，想必寒冷。到了明年在此相會的人，有誰會是勇健的呢？在醉眼迷濛中，且把那茱萸再細看一遍吧。

這是重陽節在藍田的會聚宴飲，我讀來心中仍不免有著幾分感傷。是因為人生秋天的來到？還是美好年華的逝去無蹤呢？……

我也願意相信，各自不同的喜好，會讓這個世界更加的繽紛美麗。就像花園裡的萬紫千紅，燦爛奪目，足以讓人徘徊流連，捨不得離去。

杜甫（七一二～七七〇）

【簡介】

字子美，稱號「詩聖」，與李白合稱「李杜」。杜甫出身在一個世代「奉儒守官」的家庭，家學淵博，自小好學，七歲能作詩。年輕時胸懷壯志，天寶年間，因權相李林甫的陰謀操弄，使所有參加考試的人包括杜甫皆未被錄取，後客居長安十年，四處奔走皆不得志，幾經轉折，只能獲得小官職，生活困頓。終其一生仕途皆不得志，但他熱愛生活，關懷人民，詩作多反映朝廷腐敗、人民疾苦的社會動盪。一生寫了三千多首詩，現存一千四百多首，編為《杜工部集》，有許多傳頌千古的詩篇，皆閃耀其憂國憂民的人格光輝。杜詩記錄了唐代從盛轉衰的歷史，強烈的憂患意識與儒家仁愛精神，因而其詩作被譽為「詩史」。

【文學評價】

杜甫詩作在體裁上，無論五七言古體、律詩絕句都相當出色，其作品格律嚴謹，語言精煉，風格多樣，或沉鬱頓挫，或清新細膩，或平易質樸，信手拈來皆是名作，影響後世深遠。

唐代韓愈曾將杜甫與李白並論曰：「李杜文章在，光焰萬丈長」。宋代王安石表彰杜詩云：「醜妍巨細千萬殊，竟莫見以何雕鎪」的成就。明代胡應麟在《詩藪》中曰：「唯工部諸作，氣象巍峨，規模巨遠，當其神來境詣，錯綜幻化，不可端倪。千古以還，一人而已。」清代蔣士銓於《忠雅堂文集》給杜詩極高評價曰：「杜詩者，詩中之《四子書》也。」

貼心的話語

有人跟我談起年少時候穿綠衣、著綠帽的郵差先生，那時候我們稱郵差先生為「綠衣使者」。

郵差先生忙著幫大家四處送信。

朋友卻跟我說：「那時候，我最怕退稿。」

在那個寫作還在「手工業」的年代，要先起草稿，修改後，再謄寫在稿紙上，寫完，校對後，再寫信封、貼郵票，然後放進郵筒裡，之後就是等待，可能登出，也可能退回。退稿丟臉嗎？我以為，那只是練習寫作的必經過程。

沒有誰能一步登天的。寫作也是這樣。總是在不斷的投與寫中，隨著時光的流逝，而累積了許多的經驗。只要願意堅持，我們的筆磨得更流利了，也越來越能得心應手，刊出的比例因此大幅提高。

我投稿，是在學生時代，高中和大學時比較密集。有時候順利刊登，有時被退稿。退稿，當然不會是太開心的事。

那時候，小弟還在他的快樂童年，頂多也不過十歲左右。他安慰我說：「姊姊，沒有關係。那些大作家以前一定也是被退稿的，只是我們不知道而已。」

小小年紀的他，竟然以這樣貼心的話語來勸慰我，多麼讓人感動。

物換星移，如今郵差先生的帽子已經和以前有所不同，更為時興帥氣，至於寫作的稿件全由電腦打字和傳送，再不必費力費事的去寄去等待了，的確省事也便捷不少，只是此刻的我，有多麼懷念往日那悠緩緩的時光。

悠緩緩的時光早已成為過去，我也在累積多年的努力之後，不斷的寫書和出書，成為作家了。

我想起李白的〈送友人〉詩：

青山橫北郭，白水遶東城。

此地一為別，孤蓬萬里征。
浮雲遊子意，落日故人情。
揮手自茲去，蕭蕭班馬鳴。

眼前有青山橫亙在北郭外，白水繞過東城流去。我們就在這裡要分手了，此後像蓬草似的萬里飄零。浮雲就像遊子的行跡，無有定所，朋友的別情一如落日，無可挽留。揮一揮手，你走了，我只聽見離群的馬兒正蕭蕭的哀鳴。

只是這樣的送別，相逢難期。

然而，我不是送別友人，我送別的，其實是歲月，那更是一去不復返了。心中更有無限惆悵，默然無語。

此刻想來，當年那樣安慰的話語還是很感人的，只是，小弟還記得嗎？

希望的季節

春天，是一個充滿了希望的季節。

這時，冬日的沍寒已經遠去，接著來臨的是姹紫嫣紅的春天。

你會喜歡春天的詩嗎？我喜歡。

當我讀到李華的〈春行寄興〉：

宜陽城下草萋萋，澗水東流復向西。

芳樹無人花自落，春山一路鳥空啼。

宜陽城下只見一片野草茂盛，清溪澗水逐漸的東流卻又折向西去。一路上只有樹上的繁花在沒有人觀賞的寂寞中悄然飄落，鳥兒也在空蕩蕩的春山中婉轉啼鳴。

「芳樹無人花自落，春山一路鳥空啼」，縱然花再繽紛，沒有嘆賞的眼光停留，一任花開花落，此時，即使春山再美，鳥聲再婉轉，無人加以應和，該有多麼的寂寞了。

原來，恨無知音賞的孤寂，自古以來就一直存在的，只是因為我們不曾細思慢想，於是，便以為它不存在。

春天裡，處處充滿了生機。希望是種子，它會發芽，甚至開花結果，展現了無數的神奇。誰能不愛春天？

懷著希望，許多事情都大有可為，縱使眼前有著重重關卡，我們只要勇於堅持，最後仍然是通得過的。

若能時時心懷希望，也就少有疑慮和徬徨，儘管難題依舊會不斷的出現，但是由於肯堅持，還是到得了所有想到的地方。

這不是很值得我們為之歡欣鼓舞的嗎？

最怕的是灰心絕望，再也不願振作起來，於是，處處有窒礙，也讓未來的一切都變得不可能。簡直是替自己宣布了死路或絕境，再也無可挽回了。

所以，凡事盼望，才有轉機，才能心想事成。即使山窮水盡，也能柳暗花明，這是希望所帶來的無比神奇。

如果一旦陷落在絕望的深淵，心已死，那麼，什麼事也做不了。即使不過是舉手之勞，也因為自我放棄，而與成功絕緣。

所以，正向思考有多麼的重要。

一個習於正向思考的人，比較不會沉淪於絕望的深淵。縱使是在灰燼之中，也能尋覓出前行的力量。給自己希望和鼓舞，終究帶來轉機。是那一點一滴的勇敢與上進，讓自己逐漸的攀升，得以摘取成功的冠冕。旁人唯有深自佩服。

祝福你的內在是一個充滿了正能量的人，認真的走向希望的光明大道，最後得以美夢成真。

李華（七一五～七六六）

【簡介】

字遐叔，趙州贊皇人，文學家，散文家，詩人。開元二十三年（七三五）進士，天寶二年（七四三）登博學宏辭科，官監察御使、右補闕。安祿山陷長安時，被迫任鳳閣舍人。「安史之亂」平定後，貶為杭州司戶參軍。次年，因風痹去官，後又託病隱居大別山南麓以終，信奉佛法。唐代宗大曆元年（七六六年）病故。

【文學評價】

作為著名散文家，與蕭穎士齊名，世稱「蕭李」。並與蕭穎士、顏真卿等共倡古義，開韓愈、柳宗元古文運動之先河。他的文章「大抵以《五經》為泉源」（獨孤及《趙郡李公中集序》），「非夫子之旨不書」。主張「尊經」、「載道」。其傳世名篇有〈弔古戰場文〉。亦有詩名。原有集，已散佚，後人輯有《李遐叔文集》四卷。

生命如花籃

年少的時候，我曾聽過一首歌，就叫「生命如花籃」，輕快的音符，彷彿在空氣中彩繪出一朵又一朵漂亮的花，讓人記憶深刻。

你覺得，生命是什麼呢？你會有更好的比喻嗎？

如果，生命是個花籃，你放進花籃的，又會是怎樣的花呢？

有人喜歡芬芳的花朵，如茉莉、夜來香、月橘、野薑花……如果，你挽著這樣的一籃香花，就好像是一籃的芬芳，隨著風四處飄香。

有趣的是，這些芬芳的花朵，卻多半是白色的。有人說：「美花不香，香花不美。」也讓人覺得心裡好過一些，各有特色的美，不就夠了嗎？哪裡能獨占一切？

可是，也的確有那得天獨厚的，如蓮，既美麗又芬芳。想到那「蓮花的故鄉」，在夏日裡綻放的朵朵蓮花，迎風招展，使人不免要興起對白河的深深思念。

不香的花很多是美麗的，繽紛的顏彩令人忍不住讚歎。如：櫻花、鬱金香、紫藤、鳶尾、牡丹等等，讓人不由得駐足屏息以待它的嬌美容顏。

春天的花最是萬紫千紅，燦爛奪目，我們來讀大詩人杜甫的〈江畔獨步尋花其六〉：

黃師塔前江水東，春光懶困倚微風。
桃花一簇開無主，可愛深紅愛淺紅？

黃師塔前的江水不斷的向東流去，明媚的春光把人給薰得又懶又睏，我倚仗著暖洋洋的春風遊春。這時桃花一叢一叢的盛開著，彷彿是沒有主人似的，你究竟是喜愛深紅的桃花？還是淺紅色的桃花呢？

花開太美，在深紅與淺紅中煞費思量，斟酌再三，也難以擇定。極度的美，也會帶給我們暈眩，連理性也發揮不了它真正的作用。你想像得到嗎？

是的，在這個世界上，有的花，以美麗的花顏禮讚了天地；有的花，以幽幽芳香歌詠了宇宙。

那麼，你呢？你把什麼放進了自己生命的花籃裡？

但願，每一天我放進籃子裡的，全都屬於真善美，是嘉言愛語，是善行祝福……儘管都很微小，卻是我一片真誠的心意。我也願意相信，是那點點滴滴的溫暖，如星，如光，也如花朵，讓世界變得更為和諧與美好。

一棵開花的樹

他們跟我說，這是一棵會開花的樹。那時，樹在我眼前一片青碧，距離花期還很遠。

我心想：樹會開花，到底開出怎樣的花呢？粉紅、淡紫、鮮黃、豔橙？多麼讓人期待。

當春風吹拂，大地解凍，種子因此穿過厚重的土層，開始發芽茁長，不多久以後，處處繽紛。連這棵樹也枝繁葉茂，終於開出了美麗的花來。

花因顏彩而贏得更多的青睞和嘆賞，每到花開的季節，遊客絡繹於途，甚至交通因此受阻，民怨由此而生。

有些樹會開美麗的花，令人稱揚和欣賞，多少人徘徊流連，捨不得離去。有些樹花朵平凡，卻能結出甜蜜的果實，也是讓人驚奇的收穫。有些樹所有長出的花朵都微小，也沒什麼好顏色，甚至也不結果，但是卻有無數的濃蔭，熱心的為旅人遮陽送涼……

水土保持，不也需要多多植樹嗎？樹的優點很多，我想是訴說不盡的。然而，我還是覺得，在我的心裡，花的默默綻放，遠不如樹的靜靜守望。多少詩人以花來比喻愛情的短暫飄忽，我以為，樹更像家人，願意長久陪伴。哪裡需要四處喧嘩廣告，唯恐別人不知？曖曖內含光，也是一種美。

如果，你是一棵樹，你希望能成為怎樣的一棵樹呢？

樹的生命比人還長許多，記得有一首和樹有關的詩，是我很喜歡的：詩人徐凝〈古樹〉一詩是這樣寫的：

古樹欹斜臨古道，枝不生花腹生草；
行人不見樹少時，樹見行人幾番老。

一株古樹斜倚在古道旁，枝幹上不見花，只有蒼綠斑駁的青苔雜草。路過的人多不記得當年老樹還是小樹時的模樣，然而老樹卻已經歷過多少春去秋來，默默的見證了幾番老去的年華。

讀這樣的詩句，不免讓人心生惆悵。只是，樹的生存，也常伴有許多的艱難，如頑童傷害，如狂風暴雨，如各種蟲害，甚至還有電擊雷劈，都得一一挺過來，才有茁壯之日，成為地表上一棵身形威武的大樹。

儘管如此，我仍然要說，但願我是一棵樹，有益於世人。

如何活得有意義有價值，從來是我關注的議題。人是這樣，我看樹，竟也希望如此。

難道，是我太苛求了嗎？

徐凝（生卒年不詳）

【簡介】

約唐憲宗元和中前後在世。浙江睦州人。曾在杭州開元寺題過牡丹詩，白居易看了很激賞，邀與同飲，盡醉而歸。除以詩作聞名，又以書法著稱。

【文學評價】

代表作有〈憶揚州〉、〈奉酬元相公上元〉等。《全唐詩》錄存一卷。明人楊基《眉庵集》卷五「長短句體」評曰：「李白雄豪妙絕詩，同與徐凝傳不朽。」

一棵山中的樹

我曾經有過很長的山居歲月，先是讀大學時，學校在高高的陽明山上，夏天最好，風和日麗氣溫宜人，一點都不覺得是熱浪襲人的溽暑。我最怕的是冬天，冷冽凍人，怎麼穿都不溫暖，冬雨愈下愈寒，自己好像變成了冰棒。

大學畢業以後，我到白河教書，在大凍山下，民風純樸，學生都很可愛，不太令人費心傷神，日子是如歌的行板。於是，課餘之暇，我還能有力氣去寫詩寫散文，親近文學讓我的心靈變得更豐美。

我常在山中走來走去，看每一棵樹獨特的姿容，也看每一朵花的清麗，享受那全然不受干擾的寧靜。

其實，山裡也有清脆熱鬧的聲音，如蟲鳴鳥叫、溪流潺潺……那美好的聲音就像音樂，也像吟詩，聽它千遍也不厭倦。

我就像一個無所事事的人，表面上看來，也的確是這樣，我沒有辯解。既然遠離名利，淡泊的生活，我也確實交不出什麼亮麗的成績單。

好多年以後，我也離開了山林。

隔著一大段時空的距離，再來看那曾經有過的山居歲月，才發現彷彿自己也是一棵山中的樹，天天迎來晨曦，送走落日餘暉，遠離塵囂，只隨著四季的腳步更迭流轉，的確是非不到，我曾是何等自在快樂！

然後，我更驚訝的發現，那些有緣在課堂上相遇的學生，我其實也把他們當樹養。原先都不過只是小小的樹苗，然而，春去秋來，幾番物換星移，他們都長大了，枝繁葉茂，成為國家社會的棟梁之材，我感到十分欣慰。

原來，歲月是有魔法的，只是當時年輕的我無從想像。

如今，他們逐步走向中年，我也垂垂老去。然而，曾經的相遇的確美如詩篇，在生命的長河裡依舊熠耀生輝。

年少時的我，曾經讀過孟浩然的〈與諸子登峴山〉：

人事有代謝，往來成古今。
江山留勝跡，我輩復登臨。
水落魚梁淺，天寒夢澤深。
羊公碑字在，讀罷淚沾襟。

人事有興替，過去和現在的時光構成了所謂的古今。江山還留下了一些名勝古蹟，讓我們有機會前往登臨。水退後，魚梁都淺現出來，天氣轉寒，雲孟澤的湖水也變得深沉。當年羊祜碑上的字依然存在，讀完墮淚碑，不免使人淚滿衣襟。

登高懷古，讓人感慨惆悵，然而，值得慶幸，因著上天的厚愛，留給我的是何其美麗的回憶。

此刻的我面對著晚霞滿天，深深的覺得人生百年，轉眼即逝；青春年華，一去不返。只是心中的惆悵，更與何人說？

細想來，山居歲月裡，那曾經來自大自然的薰陶，可以聆聽天籟，可以滌洗身心，凡事都能正向思考，不悲觀消極，其實也讓我學到更多。可惜當我明白時，也已經是在離開之後了。

原來那些年，當我置身於大自然裡，也不過是一棵山中的樹，只是可以自由移動罷了！

孟浩然（六八九～七四〇）

【簡介】

字浩然，本名浩，世稱「孟襄陽」。出身於襄陽城中博有恆產的書香家庭，自幼苦學，年輕時在鹿門山隱居讀書。開元年間前往洛陽求仕未果，四十歲時遊長安，應進士舉不第。與王維交誼甚篤，詩壇上與王維齊名，並稱「王孟」。生於盛唐時期，早年有用世之志，但政治失意，以隱士終身。

【文學評價】

詩作大多寫山水田園、隱居逸趣與旅遊等，是繼陶淵明、謝靈運、謝朓之後，開啟盛唐田園山水詩派的先聲。作品風格清淡自然，在唐詩中獨樹一幟。其詩歌備受時人的推崇，李白曾稱頌曰：「高山安可仰，徒此揖清芳。」杜甫曾稱讚云：「清詩句句盡堪傳」，可見孟浩然的詩作在當時即享有盛名。

感謝大自然

小時候，我總有太多的時間無所事事。

於是，我看天空，看白雲的悠然來去。也看青草、綠樹和繁花，大自然蘊藏著許多奧妙，尤其，它多麼美啊。

雨天的時候，我聽雨，那像音樂一樣的節奏和聲響，多麼迷人。我並不知道，那就叫做「天籟」。

我更不知道的是，當我長大，我將會捲入忙碌的工作之中，在匆忙的來去裡，我再也沒有時間和心情去看天、觀雲，甚至聽雨了。

原來，人世間一切的相遇都有因緣的存在。緣來緣去，卻也未必是掌握在我們的手裡。

回想小時候的閒散自在，其實是有父母的庇護，紅塵不到，是非不到，讓我們更能保持一己的天真，更能在大自然裡四處悠閒的遨遊了。

我們並不知道，這樣的無所事事，其實是有意義的。

很久很久以後，我們或許在職場上因為壓力過大而身心俱疲，或許由於備受挫敗的打擊，幾乎一蹶不振，這時候，我們都可以重新回到大自然的懷抱裡，得到許多的安慰和鼓舞，並且汲取力量重新出發。美麗和諧的大自然以它的生生不息，給了我們無言之教和無可計數的啟發。

有一天，我讀王維的詩〈山居即事〉：

寂寞掩柴扉，蒼茫對落暉。
鶴巢松樹徧，人訪蓽門稀。
嫩竹含新粉，紅蓮落故衣。
渡頭燈火起，處處採菱歸。

我在寂靜冷清裡，掩上了自家的柴門，山野曠遠無際，只有我獨自對著落日的餘暉。但見白鶴四處在松樹上築巢，卻很少有訪客到我的山居來。新生的嫩竹表皮帶有一層白粉，而紅蓮凋謝，花瓣正逐漸飄零。這時渡口上早已點起了燈火，原來是採菱姑娘的船兒回來了。

秋日的山村寂靜，我們也感染了詩人恬淡的心境，多麼好的一首詩，充滿了清新溫柔的韻致。

原來，大自然是我們人生的導師，童年時因為年紀太小而不明白，長大以後，唯有深深感激。

儘管我們無法再重回年少，卻感謝曾經與大自然有過如此親近的接觸。它像另一個父母，以不同的方式守護了我們。

記憶裡的白河小鎮

白河，在我的記憶中，一直是純樸無華的小鎮，宛如鄰家女孩。

大學剛畢業，我在白河教書。一日，近黃昏時，到小店買水果，我還記得那天買的是釋迦鳳梨。見一年輕女子款款走過店門前，身材姣好，但衣著樸素，穿的也只是襯衫和牛仔褲，作尋常打扮，並無驚人之處。小店的老闆娘卻突然動怒了起來，生氣的連罵：「不要臉！不要臉！」那女子早已走遠，我不明所以，而老闆娘還在生氣：「哼，跳脫衣舞的，不知羞！」唉，那麼樸實的小鎮哪裡容得下「傷風敗俗」？在那時，輿論的指責，多少能讓人有所顧忌，維護了善良的社會風氣，也會是一種約束的力量。

如今，我離開白河也已經很久了。它，還會是舊時風貌嗎？

當我走在熱鬧繁華的臺北都會區，晚上的霓虹燈四處閃爍，照得黑夜也如同白晝。都市的模樣一變再變。如果，臺北早已不是我當年讀書初相見時的樣子，永恆，原來是這般的無法奢望。

杜牧曾有〈汴河阻凍〉這樣的一首詩：

千里長河初凍時，玉珂瑤珮響參差。
浮生恰似冰底水，日夜東流人不知。

千里的汴河剛開始凍結時，我的行程也因此受到了阻礙，我騎著馬到了河邊竟發現無法引渡，那馬勒上玉珂，衣帶旁的瑤珮，在朔風中發出洞簫般的音響。唉，浮生無常，就像那冰河下面的流水，日夜不停的向東流去，人們卻絲毫無所警覺。

歲月的流逝，又何嘗不是這樣呢？總是在我們回顧時，才驚異的發現，一切已然不同。物是人非，還有風景猶似當年；更令人悵惘的是人物俱非，再無蹤跡可以尋覓了。那心情啊，竟然宛如憑弔，心中的惆悵滿懷，更與何人說呢？

然而，當時代的風潮席捲了整個世界，地球如村，我又如何能冀望白河能恆久不變？那不也太苛求了嗎？

那麼，只要我在心中留住它曾經有過的純樸、寧靜的樣貌，如此的安恬、美好，宛如夢境，也就足夠了。

我記住它，也一如記住了屬於我青春的容顏。不能忘，也不肯忘。

歲月，或許殘酷無情，君臨天下，掠奪一切。然而，那痴心依戀的，卻是我。不是嗎？

卷二

花徑不曾緣客掃

唱歌

你愛唱歌嗎？不知歌聲如何？

唉，我的歌聲從來沒有好過，幾近慘不忍睹。說起唱歌，真是「他生未卜此生休。」

讀書的時候，我的音樂課，一向都是矇混過關。分數嗎？哪裡敢有奢望，只要不見紅字就好，能低空掠過，也就讓我心滿意足了。

標準這般低，可每學期也都是忐忑不安的度過。

如此的沒有志氣，不肯接受挑戰，當然更是如江河日下，不見起色。

偏偏我平常說話的聲音尚稱清晰柔和，於是，沒有人相信我居然不會唱歌，我的好朋友還是學聲樂的呢。她總是狐疑的說：「只要會說話，就會唱歌啊！」可是，我偏不會啊，又不是假裝，能奈我何。

有一次，遇到空堂，我在辦公室裡改作業，聽到有個同事在教另一個同事唱歌，從基本教起，如何發聲？唱歌的時候，要覺得聲音是在很遠很遠的地方……我聽得有趣，可惜日子很忙，也不曾加以演練，要不，那倒是一個絕佳的學習機會。

朋友裡，多的是知名合唱團的團員，或四處征戰，或公開表演，甚至遠赴國外登臺亮相，很威呢。有時候，他們一時興起，也常自願唱給我聽，歌聲真是悅耳動人，彷彿是從雲端飛來的妙音。此曲只應天上有，我何其有幸，得此聽聞。

無可回報，只因我沒有那樣的本事。

唐詩裡，我曾讀過劉禹錫的〈竹枝詞二首其二〉：

楊柳青青江水平，聞郎江上唱歌聲；
東邊日出西邊雨，道是無晴卻有晴。

楊柳青青江水寬又平，這時傳來了情郎在江上唱歌的聲音。東邊還有太陽，西邊卻下著雨，說是無晴卻還是有晴。

這詩淺白，有若傳唱的民歌，卻也韻味十足，令人喜歡。

然而，誠心招認，每次說到唱歌都令我自卑。

有一天，我在無意間聽到媽媽在哼唱，宛如在唱兒歌，沒有共鳴也沒有共振。我連個「讚」都按不下手，令人莞爾。到此刻，我才恍然大悟，終於明白我的歌喉遜色，原來是其來有自。我得到她對文學的熱愛與創作的才華，為此，我的人生因此不同，我感謝。我得到她歌藝不精的遺傳，我也感謝。你看，我的確是她貨真價實的女兒，躲閃不得，唉，連ＤＮＡ都不需要驗了。

這也就是為什麼我一聽到朋友們引吭高歌，支支動聽，都不免悠然神往的原因了。想起有一次，聽到我的學生特地為我清唱一曲〈城裡的月光〉，簡直像天籟一般的美好，此情可待成追憶了。

我以為，好聲音也是上天賜予的特別禮物，羨慕啊。

劉禹錫（七七二～八四二）

【簡介】

字夢得，出身於世代儒學相傳的書香門第。自幼天資聰穎並好學，從小就才學過人。德宗貞元九年，考取進士，任監察御史等職。他懷有遠大政治抱負，對當時宦官專權與朋黨之爭等政治現實極為不滿，參與了改革運動，但遭遇失敗，之後仕途坎坷，多次受貶。在貶居的日子裡，因機緣與詩人白居易成為好友。儘管身處逆境，仍不屈服於權貴，且心憂天下，以文明志，展現其剛正的品格。

【文學評價】

詩風樸實流暢，通俗清新，其詩作受到當時眾多詩人與百姓的喜愛，是中唐時期文壇的代表人物之一，與韓愈、柳宗元、白居易、元稹等同時，尤以詩歌著名，與白居易合稱「劉白」。白居易相當推崇劉禹錫，稱他為「詩豪」。

詩作內容豐富，今存詩八百餘首，一部分為融入民歌風情與格調樸質自然之作，一部分為詠史懷古，也有不少為抨擊社會現實、反映人民生活之作，還有一些作品則描繪山水風光。

遺落的夢

今天。畫圖。

畫畫，曾經是我今生的夢，可惜不曾實現。

剛教書的那些年，跟一群同樣年輕的女老師住在一起。青春正無敵，小鎮上沒有圖書館，沒有咖啡屋，更沒有任何藝文活動，別提什麼音樂會、劇場了。我彷彿從繁華的大都會跌進了僻野偏鄉。

年輕的好處是，很會自己找樂子。大家相約，四處去玩，還烤肉、摘果子。也是很久很久以前了，有一年興起，我們居然從美術教室借了阿波羅的石膏頭像，想方設法的抱回住處。做什麼呢？畫素描。素描，不正是所有繪畫的基礎嗎？我們只有課餘才能畫，幾乎畫了一個學期。還找了美術老師來講評。她一看笑了：「你們都太老實了，不必畫得這麼鉅細靡遺啊，有些地方是可以略過的。……」難道我們是把西方的素描給畫成了東方的工筆？很多年以後，我想起老師說的「有些地方是可以略過的。」那略過的，或許如同畫裡的留白或文學的想像？多麼讓人悠然神往！

前些年，我又想來畫畫，這次要自學了，而且我想畫的是插畫。或許有一天，可以畫在我的散文書上？話才一說出，我的畫家朋友立刻帶了很多的書冊、空白簿本來借我觀摩學習，我很起勁的畫了好一陣子，斷斷續續的也有幾年。有時候畫家朋友也不吝指點一二，因為我們相熟，我發現，她常以我的筆觸來印證我的個性，我很驚奇，卻也覺得是一種很有趣的解說。

我陸續還她圖冊，有一次，天氣不好，她搭車前來，我本想還給她的《插畫圖案大百科》因為書太厚重，怕她勞累，因而暫且留了下來，尚未歸還。

今天我要畫圖。於是拿出來，我用原子筆畫了牽牛花和風鈴花各一小幅，也很開心。

我想起了曾經讀過張旭的〈桃花溪〉：

隱隱飛橋隔野煙，石磯西畔問漁船：
桃花盡日隨流水，洞在清溪何處邊？

桃花溪中，有一座高高的橋，因著高遠，顯得隱隱約約，分隔著一片曠野的煙霧，我探問石磯西邊的漁船：溪裡的桃花這般日日夜夜追隨著流水，可是這桃源洞，到底是在清溪的哪一方呢？

這詩也如畫，不知何時我才有能耐畫出來？然而，細想來詩人的叩問，或許也是一種懷想和念念不捨？

其實，我更想出去散步，可是要去哪裡呢？總得有個目標吧。我最想去圖書館。可是想到若是去了，我的眼睛手術後還沒有全好，既不能看書，也不能讀報，心中有點沮喪。若要看人，路上多的是，哪裡需要去圖書館？

原來，我最愛的，還是有文字的書。因為文字裡有迷人的情節和豐美的智慧，圖畫仍是屬於附加價值。

至於，畫畫，曾經是我今生的夢想，然而，畢竟是遺落了。

淚。

好吧。總會有那麼一天，我一定要去圖書館痛痛快快的看書，直看到眼睛流

張旭（生卒年不詳）

【簡介】

約生於唐高宗上元二年（六七五年），卒於唐肅宗乾元二年（七五九年）。字伯高，唐代吳郡（今江蘇蘇州）人。初任常熟縣尉，後官至金吾長史，世稱「張長史」。平生嗜酒，每次大醉後往往呼喊狂走，有時還披頭散髮於酒筵間即席題字，故又稱「張顛」、「書顛」。其書法以奇形怪狀的草書聞名，創新風格，有「草聖」之稱。張旭草書，與李白歌詩、裴旻舞劍並稱三絕。

【文學評價】

作品有《古詩四帖》、《千字文殘石》、《肚痛帖》等傳於世。張旭詩語言清新俊逸，感情質樸，「句意深婉，無工可見，無跡可求」。世存詩六首，以〈桃花溪〉最著名。杜甫〈飲中八仙歌〉云：「張旭三杯草聖傳，脫帽露頂王公前，揮毫落紙如雲煙」，其「顛狀」躍然紙上。他與知名詩人賀知章、李白等人過從甚密，李白詩曰：

「楚人盡道張某奇，心藏風雲世莫知。三吳郡伯皆顧盼，四海雄俠爭相隨。」唐高適也有詩道：「世上謾相識，此翁殊不然。興來書自聖，醉後語尤顛。白髮老閒事，青雲在目前。床前一壺酒，能更幾回眠。」

創作人生

一早，就給好朋友打電話，祝她生日快樂，日日歡喜。

幸好，她的生日是在一個國定假日。普天同慶啊，也因此記憶力已逐漸不如從前的我，還能勉強記得住。

我們認識的時候，才十三歲，然後同班三年，是好朋友，所以經常在一起，或一塊兒讀書或手挽手在校園裡四處閒走。我常想，感謝當年她的陪伴，是她的善良和溫婉，讓她的友誼成了我少女時代所有的回憶。

當我們長大以後，她成了畫家，我則寫作。我們追逐著各自的心靈世界，努力揮灑創意，希望在作品裡注入真善美。

好久遠的情誼！多麼彌足珍貴。

如今，屬於我們的青春早已遠颺，我們正逐漸的老去。軀體不再柔軟，神采已然黯淡，各種慢性疾病正伺機而動，隨時想要飛撲而來。我們的健康畢竟是走在下坡，一年不如一年了。

回憶，的確甜美，只是，有時候也不免微帶哀傷。

記得，我讀到白居易的〈問淮水〉：

自嗟名利客，擾擾在人間。

何事長淮水，東流亦不閒？

自嘆不過是個求名求利的匆忙過客，一生擾擾攘攘，在人世裡不斷的勞碌奔波。請問那淮水，你滔滔東流，又是為了什麼事，竟然也一樣的沒有片刻清閒？

連大詩人都嘆息名利的讓人迷失，能掙脫名韁利鎖的，也才能享有真正的清心自在吧。

幸好，我們長居鄉下，以教書和創作為樂，走自己的路，過自己想過的生活。倘若心性不是如此的淡泊，恐怕也難保作品的清新吧。

的確，世間行路，有多少哀傷的歌和歡喜的淚！有多少感情的故事，讓我們一步一低徊，然而，這不也就是生命的歷練嗎？我們因此而更加勇敢，也更懂得珍惜此生的每一份善緣。

人生總是太短，我們終究只是彼此的過客，然而，感謝我們曾經相遇，而且真誠的相待。我們終有獨自遠行，不得不告別的時候。當遠行的一刻來到眼前，我們會後悔嗎？其實不會。因為，即使我們什麼都不做，時光飛逝，我們一樣要垂垂老去。無論怎麼說，我們都是努力的；然而不曾虛度的人生，我們各自留下了不同的作品，她的畫、我的書。

作品裡有我們的心情，以及對這個世界豐沛的愛。

白居易（七七二～八四六）

【簡介】

字樂天，號香山居士，初與元稹相酬詠，號為「元白」，又與劉禹錫齊名，稱為「劉白」。能詩能文，特別擅長寫詩，平白易曉，老嫗能解。

青年時期家境貧困，深知百姓疾苦。早年的他關懷民生，與元稹共同提倡文學改革的新樂府運動，主張詩的創作應取材於現實生活，反映時代現況，強調詩的社會功能與諷喻作用。晚年仍關懷民生，但因仕途不得志，而多放意詩酒，作〈醉吟先生傳〉自況。作品於當時即已廣為流傳，乃至外國，如日本與朝鮮等也受其影響深遠。

【文學評價】

他的詩作語言文字淺顯通俗，少用典故與深奧詞語，喜歡提煉民間口語、俗語入詩，然而聲調仍不失優美，有極高的藝術成就。詩作類型共分為四類，有諷喻、閒適、感傷與雜律，以諷喻詩的價值最高。其中諷諭詩多為敘事詩，夾敘夾議是其特色。

元稹對白居易極為推崇，曾評價其詩文：「大凡人之文各有所長，樂天之長，可以為多矣。夫諷諭之詩長於激，閒適之詩長於遣，感傷之詩長於切，五字律詩百言而上長於贍，五字、七字百言而下長於情，賦、讚、箴、戒之類長於當，碑、記、敘、事、制誥長於實，啟、奏、表、狀長於直，書、檄、詞、策、剖判長於盡。」（〈白氏長慶集序〉）清代公安派三袁（袁宗道、袁宏道、袁中道）散文家兄弟對白居易評價相當高，宗道有〈詠懷效白〉詩作，宏道更將元白歐蘇（元稹、白居易、歐陽修、蘇軾）與李杜班馬（李白、杜甫、班固、司馬遷）相提並論。

勤學要趁早

我認識她很久了。四十年了吧？我們曾經是同事。那時候，我們青春煥發，一起在偏遠的臺南鄉下教書。

隨著歲月的累積，我們由同事而成為好朋友。

其實她頗有文采，雖然久久才寫一篇文章，然而，不論是寫父親住院，險被誤診；或是兒女年幼時的天真小趣事，也都寫得生動傳神，有一枝很不錯的文筆。可惜不夠勤奮，交出來的寫作成績因此有限。也或許，持續的寫作對一般人來說，還是艱難的吧？尤其，長期的堅持背後，的確是需要投注極大的恆心和毅力，畢竟並非人人輕易可為。

由於家在臺北，漂泊歲月到底寒涼，後來，我因此調回臺北教書。在那個電腦使用還不普遍的年代，偶爾我在《聯合報》上讀到她的大作，還特地剪報寄給她留作紀念，她戲稱：「原來，我的知音是在臺北。」

退休以後，她不再起早趕晚，表面上看來，彷彿無所事事，其實和母親的心結未解，很是辛苦和委屈。然而，如今母親已經辭世，相形之下，雙方的和解也因此變得十分困難。加以，即使尋常生活裡也不可能全然平靜無波，和先生偶爾的扞格終究不能免，種種不順遂，也讓她的心中更苦。

我力勸她重拾寫作的筆，回到文字的花園裡來。其實文字也可以是出口，療傷止痛效果好，會有著意料之外的收穫。她不置可否。反而是她的先生開始寫起詩來，先生每每把詩拿來給她看，她就說：「你應該給琹涵看啦。」

我因此抽空上臉書看了，完全是不計格律，自成個人風格，這並沒有什麼不好，也有人是這麼寫的，畢竟並非學院派出身，無須太過強求格律的嚴謹。只要有興趣，願意嘗試，都值得鼓勵。我想，能作為平淡生活上的點綴，增添了幾分詩情畫意，也已經很不錯了。

我回過頭來跟她說：「會寫的不寫，不會寫的愛寫。這龜兔賽跑，烏龜憑著毅力和勤奮，遲早都會後來居上的。」

到底她聽進幾分呢？我不清楚。

我曾經讀過大書法家顏真卿的〈勸學〉詩：

三更燈火五更雞，正是男兒讀書時。
黑髮不知勤學早，白首方悔讀書遲。

每天從半夜燈明到拂曉雞啼，正是男兒讀書最好的時期。年少時不知道勤奮學習要及早，直到老了才來後悔讀書已經失了良機，畢竟嫌太晚了。

學習須勤，方能見到成績。讀書如此，學詩如此，寫作又何獨不然？

學無倖至，我從來不相信，會有天上掉下來的禮物。總是在勤勤懇懇的耕耘之後，我們才能冀望收成。

一起努力吧。耕耘不免辛苦，收穫卻是甜美。

顏真卿（七〇九～七八五）

【簡介】

字清臣，漢族，唐京兆萬年（今陝西西安）人，祖籍唐琅琊臨沂（今山東臨沂），唐代中期傑出書法家。他創立的「顏體」楷書與趙孟頫、柳公權、歐陽詢並稱「楷書四大家」。

【文學評價】

歐陽修曾說：「顏公書如忠臣烈士，道德君子，其端嚴尊重，人初見而畏之，然愈久而愈可愛也。其見寶於世者有必多，然雖多而不厭也……」蘇軾曾云：「詩至於杜子美，文至於韓退之，畫至於吳道子，書至於顏魯公，而古今之變，天下之能事盡矣。」（《東坡題跋》）

端莊遒勁的《顏勤禮碑》也是他的作品，但筆畫細瘦和其他碑刻不大一樣。《顏氏家廟碑》，書法筋力豐厚，也是他晚年的得意作品，與其早年時期的作品相比更加渾厚大氣，乃晚年之代表作。傳世墨跡有《爭座位貼》、《祭侄文稿》、《劉中使帖》、《自書告身帖》等。

智慧決定了人生

你是個有智慧的人嗎？如果答案是肯定的，多麼讓人羨慕。智者的人生，必然和凡夫俗子的我們大異其趣。

我常覺得，朋友的好處在於可以選擇，而不必照單全收。世上曾有不少關於友誼的佳話。如春秋時期，俞伯牙和鍾子期「高山流水」的故事，傳說中，鮑叔牙和管仲曾經分金的故事……都曾經感動過我們幼小的心靈。

唐詩中，和友誼相關的好詩也很多，我喜歡李白的〈送孟浩然之廣陵〉：

故人西辭黃鶴樓，煙花三月下揚州。

孤帆遠影碧山盡，唯見長江天際流。

老朋友告別了位在西方的黃鶴樓，就在春天百花盛開，一片如煙似霧的三月，順流而下，將東行到揚州。遠望那艘孤船的帆影漸行漸遠，終於隱沒在青山之間，這時，只見長江的水滔滔不盡的向著天邊奔流而去。

這是一首送別友人的詩，別離傷懷，更可以看出詩人的依依不捨和殷殷寄語的情懷。讀來，有多麼的讓人感動。真摯的情誼也彷彿是那長江之水，浩浩蕩蕩，沒有止境的一刻。

的確，比起父母、手足、兒女的命定，無處可以逃躲，只得咬緊牙關認了，相形之下，朋友的親疏是比較可以操之在己的。既然可以聽憑選擇，又何必苦苦認定那不堪的一人，弄到後來灰頭土臉，裡外不是人？

古人說：「益者三友：友直、友諒、友多聞。」這話令我服膺。

我也曾經拿這樣的標準來看我的朋友們，的確，他們都讓人尊敬，也是人生路上帶領我前行的人，令我心懷感激。

如果品行不端，非常自私，從來不知感恩的人，最好逐漸跟他疏離，別再繼續聯絡，以免有一天被陷害、被出賣，後悔都來不及了。

她是我多年的朋友，我們從小一起長大。可是，我對她的交友態度，一直有意見。我還曾經不只一次勸過她，如果對方不能真心待她，如果只是利用或巧取豪奪，其實是可以考慮割席絕交的。在我看來，這樣的朋友不要也罷；她卻說，「沒有辦法啊，他們都要來找我。」

那麼，是無法拒絕嗎？

顯然，她完全聽不進我的好言相勸。我也明知保持緘默才是上策；然而，畢竟是認識太久的好朋友，如手如足，忍不住時，我還是勸她兩句，雖然毫無效果。

思前想後，的確，智慧，決定了人的一生，能如此，何其幸運。

微笑如陽光

你喜歡微笑嗎？你是否經常臉上保持笑容？

微笑，讓人覺得親切，也容易拉近彼此的距離。至少，微笑釋出了心中的善意。有道是「伸手不打笑臉人」，因著笑容可掬，有時候，也化解了一些不必要的誤會，甚至還可能化干戈為玉帛。

微笑，也帶來溫暖。微笑，是寒涼社會裡溫暖的陽光。

讀大學時，我的好朋友不算容貌頂出色，然而個性溫和，擁有絕佳的人緣，原因就在於她的笑容可親、模樣可愛，迷倒了無數的男生。那是第一次，我看到了微笑的威力無邊，可以使一個人充滿了魅力，而且所向披靡。微笑，讓我的好朋友在眾多氣質美女中脫穎而出，足以令我驚歎連連。畢業了，好朋友去教書，極得全校師生的愛戴，想來也是拜甜美的微笑和認真敬業、良好的個性所賜。

別後，我常想起她，尤其是在有月亮的晚上，令我記起劉方平的〈月夜〉詩：

更深月色半人家，北斗闌干南斗斜。
今夜偏知春氣暖，蟲聲新透綠窗紗。

當夜深人靜時，天上的月兒照臨著一半人家，北斗和南斗星在天空橫斜。我在今夜格外的感到溫暖春天的來臨，你聽那被樹葉映綠的窗紗外，唧唧的蟲鳴，初次傳到了屋子裡來。

這是一首描寫春夜的詩，春天的來臨，的確帶來了許多生氣，也給了我們喜悅的心情……

好朋友動人的微笑，也的確一如暖春的來到。

我也曾見過一個漂亮的女子卻不愛笑，宛如「冰山美人」，雖然豔冠群芳，卻也未必讓人趨之若鶩。或許，少了親和的笑容，有「拒人於千里之外」的錯覺，人緣似乎也沒有那麼好，或許男士們也很怕遭逢挫敗吧？

原來，微笑裡也有魔法。

你探究過微笑的魔法嗎？

微笑，足以讓美麗加很多分。

走在天寒地凍的季節，我們都渴望陽光的照臨，微笑，是生命裡的陽光，值得珍惜寶愛，並且發揚光大。

請多微笑，努力為自己迎來陽光，就不再感受到人世間的冷冽風寒了。

劉方平（生卒年不詳）

【簡介】

約公元七五八年在世。為匈奴族人。天寶年間曾應進士試，又欲從軍，皆未如意，從此隱居，終生未仕。與皇甫冉、元德秀、李頎、嚴武等人為詩友。工於詩，並善畫山水。

【文學評價】

詩多為詠物寫景之作，尤擅長絕句。詩風清新自然，擅寓情於景，意蘊無窮。清代文學家顧貞觀曾評其詩作〈月夜〉云：「二十有八字無可用者，其『透』一字妙甚，故言唐人村田之詩善者當此絕句。」

過往的歲月如夢

好朋友見面，就是要不停的說話說話說話，說個沒完沒了。

小時候，我們曾經是鄰居，一起長大，如今都定居在臺北，相聚不算太遠，卻也很久不見了，快有十年了吧？想來各有各的忙碌。平常還是通電話的，居然沒有見面，或者是不曾想到要見面？

其實，相見亦無事，不來常思君。

她能來訪，我有多麼的開心。

心裡想的是詩人杜甫的〈客至〉一詩：

舍南舍北皆春水，但見群鷗日日來。

花徑不曾緣客掃，蓬門今始為君開。
盤飧市遠無兼味，樽酒家貧只舊醅。
肯與鄰翁相對飲，隔籬呼取盡餘杯。

春來時，在我住家的房子南面和北面都圍繞著一彎溪水，只見一群鷗鳥，天天都打從遠方飛到這兒來。種著花兒的小徑，不曾因為有客人要來而打掃乾淨，落花可也是一種美啊，就保存著它天然的姿態吧。用蓬草編成的門，今天為你的來到而打開。盤子裡的菜餚，由於離市區遠，一時買不到，也沒有什麼好料理。請你喝的酒，因著我家窮，只能拿出往日釀的薄酒來款待。如果你願意跟隔壁的老翁對飲的話，我會隔著籬笆，喊他過來，讓我們一起乾幾杯吧。

詩裡自有一番情真意切，客至的歡喜，即使沒有上好的招待，心中的誠意滿滿，洋溢著難以言說的愉悅和溫暖。

儘管今日，我住的是都會區的水泥森林，沒有春水、群鷗和花徑，依舊欣喜之情流溢。

她是個很好的朋友，幾十年來，我曾經得過她很多的鼓勵，所以才能持續寫作，也有了差強人意的成績。她是個努力的人，也一直是我的榜樣。人生路上，能遇到這樣的人，多麼的幸運。

我們也談信仰，談一己的軟弱。如此說來，相互的鼓舞，何其重要！

那天的確說了很多話，約四個小時，然後，她起身告辭。

回去以後，還特地打電話來說：「謝謝，大有所得。」

我以為，這是她客氣。我們也不過只是聊聊天，隨意說說而已。

我力勸她要多微笑，因為微笑會招來好運。這是某一個知名的命理學家在其專欄裡說的，因為簡單，所以我記住了。

她卻跟我說：「妳的確全程都保持了笑容。」

真的嗎？我真心希望這樣。

還記得我教書時，由於身體不好，工作的負荷沉重，我知道我經常走在路上時沒有表情。因為，我覺得，連微笑都好累。所以，我的同事們看到我，都覺得我老是木著一張臉，卻不知我力有不逮。

學生們倒是對我有不同的說法。

他們說：「只要老師一站上講臺，就彷彿『活』了過來。表情生動，笑容可掬，有時還願意說故事給我們聽……」

他們不曉得，其實是因為疼愛他們，所以花了許多時間去找尋和準備，由於上課的進度必須嚴格掌控，才能挪出時間去講那些考試不考，我卻認為重要或有啟發的文學篇章。他們也不會知道，下課後的我極度疲憊，幾近虛脫。可是，我的心裡歡喜，因為可以分享文學的豐美，在我，是一件多麼有意義的事。他們仍在年少，文學的種子必須及早播下，即使將來他們未必如我一樣走上創作的路，然而做一個愛書人，也有可能成為書香社會的基礎，影響了家人和朋友，那真是太好了。

過往的歲月如夢，然而，今生緣會，多麼令人珍惜。

每一次的相遇

每一次的相遇，都彌足珍惜。尤其，當我們都走到了人生向晚的時刻。

大學時，她是我隔壁寢室的漂亮寶貝。

讀哲學系的她，喜歡的，其實是中文。她常來旁聽我們班中文系的課，持續有好幾年，奇怪的是卻沒有轉到我們系上來，成為同班同學。那時，美麗的她，已有固定的護花使者，是他們班的男生。

快畢業時，我一時興起，買了紀念冊，找大家簽名留言。因為是班上的第一本，大家都很當一回事的寫了祝福的話語，沒事時還借去傳閱，掀起了小小的波瀾。別離的腳步近了，大家都很依依不捨吧。

漂亮寶貝簽的是最後一頁，寫得非常好，文青十足，她真該來讀中文系的，的確允為壓卷之作。

大學畢業以後，我們分離。此後，她的消息都是從相熟朋友那兒輾轉得知的，她結婚了，育有一雙兒女，兒子尤其貼心成器。

我們後來每兩年舉辦同學會，她也幾次前來共襄盛舉，由於到會的人多，我們幾乎沒說什麼話。記得畢業四十年時，我們還特地出了紀念本《水雲深處》，此事我曾經參與。她一見歡喜，立刻說：「我要買一本。」我其實是把她當作自己的同學看待，當然由我送了她一本。

前些天，她和我的大學同學一起前來小坐，畢業如此多年了，她依然是美麗的，真讓我迷惑不解：到底她把歲月藏到哪裡去了呢？

談及別後種種。我很驚奇，原來年少時候的她是活在夢幻裡，天啊，比我們都還要熱愛「文學」。幸好，她後來信了主，有神的帶領，她走在一條平安的路上。如今兒女大了，她更積極服事主，帶領長青學員，舉辦各種活動都有聲有色，極得學員們的愛戴，她活出了生命的意義和光采。

年少時，我曾讀過朱放的〈題竹林寺〉：

歲月人間促，煙霞此地多。
殷勤竹林寺，更得幾回過？

人生非常的短暫，光陰消逝迅疾，在風景幽靜處賞玩，也不是時時都有，這裡正是煙霧雲霞名勝所在最多的地方，人跡罕至，多麼讓我流連忘返，不忍離去，不知以後還有多少機會，能舊地重遊呢？……

如果，人間的這一遭也不過像是一趟旅行，那麼就且行且歌吧，唯有清心自在，我們才能放下束縛，活得美好。

我更希望，也能活出生命的意義和價值，那就不虛枉此生了。

她的改變最是鮮明，早已從夢幻的雲端落實到悲歡的人間來，尋常的日子越過越好，也越快樂，真心為她感到高興。

原來，她不只美麗，更有智慧，還有愛。

我以認識她為榮。

朱放（生卒年不詳）

【簡介】

約七八八年在世。字長通。與劉長卿、皇甫冉、皇甫曾、碩況及詩僧靈一、皎然等為詩友。大曆中曾被聘為江西節度參謀，貞元二年，朝廷詔舉「韜晦奇才」，被徵聘為左拾遺，朱放赴命上都，然終未蒞職，卒於廣陵之舟中。著有《朱放詩》一卷，《全唐詩》編詩一卷。

【文學評價】

《唐才子傳》：「放工詩，風度清越，神情蕭散，作尋常之比。」

叩問歲月

早年我教書的學生一起來看我，他們是恩諒、春林、秀津、靜琴和玉帛。歡聚了大半日，說了很多話，吃了很多東西，十分盡興。然後，他們相偕告辭離去。

恩諒的話還是不多，其實，謹小慎微的他，把內在頑皮的自己努力隱藏了起來，希望能不露出任何的端倪，或許是怕嚇壞了老師？春林曾經由鴻海外派大陸蘇州工作多年，現在返臺，在蘇州和臺灣之間來來去去。秀津談她的教學心得，用心的老師無可避免的辛勞，讓人心疼。玉帛說起她剛退休的生活，以及即將展開的海外旅遊，打算今年的春節就在國外歡度了。靜琴好廚藝，帶來好吃的關東煮和各種水果、甜食。

春林在國中畢業以後，這次和我是闊別後的第一次相見。他走到我的面前跟我說：「老師，我相信您一定不記得我。」的確，當年他是個循規蹈矩的好孩子，從來不曾令我費心。如今分別四十年，人依舊質樸誠懇，多麼難得。只是有點兒偏瘦，精神倒還是很好。

他們離開後，留給我很多的沉思。歲月如飛的逝去，我自覺是認真的，然而在回顧的時刻，我依然不免心驚，就這樣老了年華，竟彷彿連日子都是空白的。怎麼會這樣呢？是我對自己的要求太苛刻了嗎？到底我要怎樣做，才能讓自己滿意呢？或者，正因為唯恐虛度大好時光，也才逼迫自己要加倍的努力。真的是這樣子嗎？

還是很高興能看到他們，昔日課堂上的年少孩子，如今都長大了，在各行各業中嶄露頭角，盡一己之力，奉獻所學，也讓我們生存的這塊土地變得更好。我常想，個人的力量雖然微渺，但是在群策群力之下，還是有著可觀的成績，這是社會國家之福。

對於正要走向暮年的我來說，寬慰中，仍有些許的感傷。

我回想的是李商隱的〈宿駱氏亭寄懷崔雍崔袞〉：

竹塢無塵水檻清，相思迢遞隔重城；
秋陰不散霜飛晚，留得枯荷聽雨聲。

青青的竹塢中顯得潔淨無塵，臨水的駱氏亭也很是清靜，不免讓人懷念起遠方的兩個兄弟，千山萬水隔不斷我心中的思念之情。秋日裡的陰雲不散，霜期來得更晚，池塘中的夏荷早已相繼凋零，連荷葉都已枯萎，只剩下枯荷殘梗尚未完全零落殆盡，你聽，細雨打在荷葉上，那聲音傳來，多麼惹人惆悵。

秋日裡的幾分蕭索，這時早已是紅銷翠減，更何況是「留得殘荷聽雨聲」呢？……如果說，我的內心沒有感慨，這話有誰能信？

只是，歲月，到底要教導我們什麼呢？

只要曾經用心的付出，終究功不唐捐？還是平靜的接受所有歲月的教誨？無論是怎樣的試煉，上天都有其旨意，也因此豐富了我們的人生……

事後，恩諒跟我說：「謝謝老師的時間與相待。我想歲月會為老師跟我們洗鍊出最珍貴的記憶！」

秀津則說：「與您相聚，聽您說話的時刻，會讓青春年少時所有的感動，在心中，再一次走過！」

說得多麼好！

縱然他們年少的容顏飄渺，如今早已被幹練和圓熟所取代，難得的是他們保有了昔日的善良和誠摯。

尤其，謝謝他們還記得我，願意特地前來相會。

李商隱（八一三～八五八）

【簡介】

字義山，號玉谿生、樊南生。和杜牧合稱「小李杜」，與溫庭筠合稱為「溫李」。早年生活貧苦，與博通五經的叔父學古文，他的學識在此時奠下深厚基礎。少年時期即因困苦生活所迫，受雇做些勞役幫助家計。十八歲遇士大夫令狐楚，欣賞李商隱的才華，引其為節度巡官，並教他駢文寫作。然之後仕途生涯並不順遂，遭遇朋黨爭鬥的災禍，即便考中進士，但際遇卻始終曲折坎坷。大中年間四十七歲時因眼疾，告老還鄉，不久便臥病不起，結束了他浮沉抑鬱的一生。

【文學評價】

擅長七律與五言排律，七絕也有不少優秀之作。作品詞藻華麗，善於描寫與表達細膩的感情。清朝詩人葉燮於《原詩》評其七絕曰：「寄托深而措辭婉，實可空百代無其匹也。」其格律詩在句法、章法和結構上受到杜甫的影響，宋代王安石曾云：「唐人知學老杜而得其藩籬者，唯義山一人而已。」葉夢得《石林詩話》曰：「唐人學老杜，為商隱一人而已；雖未盡造其妙，然精密華麗，亦自得彷彿。」許多評論家認為，李商隱在唐代傑出的詩人裡，其重要性僅次於杜甫、李白、王維等。

探問昨日

那一群女子，說了話，吃了東西，十分盡興，終究心滿意足的告辭。

我曾經是她們課堂上的老師。

她們不辭路遠，相約從各處一起會合，前來探望年少時候曾經教過她們的我。每年都要來一次，她們說，那是一期一會。

這次，她們跟我說了一個令我驚奇的消息，原來，她們都是《陽光下的笑臉》一書中的「笑臉」，幾十年來，我一直想不起來，到底我寫的是哪一屆的哪一個班？只記得我原本教她們歷史，卻因為她們的國文老師請產假，而意外的代了近兩個月的國文課。節數暴增，天天見面，有時還一天得見兩次。她們興高采烈，我則累得快死了。

她們都是美麗的小蓓蕾，顏值很高，乖巧聽話，不勞我費心。〈陽光下的笑臉〉寫的是我那一段時間和她們相處的心情，後來結集成書，是我的第二本書，卻被外界認為是我的代表作之一。是因為其中有多篇被其他報紙轉載？被聯考選為各種考題？甚至有一篇文章還成為部編本的國文課文？那年此書竟還擠入金石堂年度百大？……我忙著教書，其實沒有多餘的心力顧及這些。不過，心裡還是高興的。

我曾經特別想要尋覓，然而，多年來一直成為謎團，如今迷霧盡去，卻原來是她們，令我特別的歡喜。

探問昨日，那時我青春而她們年少。一場師生的好緣，竟然可以延續到多年以後。現在，她們早已長大，當年的小佳人都成了眼前的大美女呢。尤其，在言行舉止上沒有背離，依舊是勤勤懇懇的做事，堂堂正正的做人，更讓我感到安慰。

果真，教育是在變化氣質，讓我們成為更好的人。

歲月流轉，韶光已逝，當她們成為社會的中堅，奉獻所學，愛國愛人，我的雙鬢已白，夕陽臨近，我的餘生有限，心中卻仍是歡喜的。這樣的人生，做了我喜歡的事，曾經在幼小的心靈裡點燃了愛，也讓屬於我的歲月變得很有意義。

年少的時候，我曾經讀過詩人羅隱的〈蜂〉：

不論平地與山尖，無限風光盡被占。
採得百花成蜜後，為誰辛苦為誰甜。

無論平地或山峰，凡是鮮花盛開的地方，都為蜜蜂所占領。牠們努力採得百花釀成蜜，到頭來又是為誰辛苦忙碌呢？

即使是蜜蜂，也會有幽微的心事。

我以為，人生又何嘗不是一場辛苦忙碌？只要我們胸懷抱負，走向理想，過程的艱難辛酸是可以不必在意的。有一天，當我遠逝，如果我能知道，我留下的世界比我初來時已然變得更好，更溫暖與和諧，我將含笑離去，不再有牽掛和遺恨。

羅隱（八三三～九〇九）

【簡介】

本名横，字昭諫，杭州新城（今浙江杭州）人。以詩聞名，尤長於詠史，然多所嘲諷，因故屢試不第，史稱「十上不第」，後遂改名，隱居九華山。光啟三年五十五歲時，歸依吳越王錢鏐，官至諫議大夫給事中。與同縣的羅鄴、羅虬齊名，當時稱為「三羅」。著有《讒書》、《羅昭諫集》。

【文學評價】

羅隱詩歌中最為人稱賞的是其憂憤諷刺的詠史懷古詩，詩風淺易明暢，讀來有如白話，被後世列為以白居易為創作典範的通俗派，亦稱「香山體」詩派。薛居正《舊五代史》：「詩名於天下，尤長於詠史，然多所譏諷，以故不中第，大為唐宰相鄭畋、李蔚所知。」辛文房《唐才子傳》亦云：「少英敏，善屬文，詩筆尤俊拔，養浩然之氣……詩文多以譏刺為主，雖荒祠木偶，莫能免者。」

最珍貴的禮物

近日，我讀唐詩。讀到唐．韋應物的〈長安遇馮著〉，內心有很深的感觸。詩是這麼寫的：

客從東方來，衣上灞陵雨。
問：「客何為來？」「采山因買斧。」
冥冥花正開，颺颺燕新乳。
昨別今已春，鬢絲生幾縷？

有客從東方來，衣上還沾著灞陵的雨。我問他：「你來這兒做什麼呢？」

「為了開墾山地，特地前來買斧頭。」此時，茂盛的花正燦爛的開著，飛翔的燕子正哺乳著新燕。想到去年一別，如今又已是春光明媚，不知你兩鬢的白髮又增添了多少根呢。

情味深長的詩，讀來更是令人悵惘。詩人不寫背後人生的坎坷，而是著重在眼前新春的好氣象，尤其，在字裡行間，寄寓了對故人的祝福和想念。

情意殷殷，這是此詩的迷人之處。

你曾經是我課堂上的學生，那是另一種情誼。

記得，在老師眼睛手術後的恢復期，我們常在臉書上的私訊裡寫字，我很驚奇，為什麼你總是很快的能夠讀到，甚至回覆？

我懷疑你是「手機控」，還要你運動時運動，吃飯時吃飯，請不要分心了。

有一天，我突然意識到那是你對老師的記掛時，我不可克制的落淚。

謝謝你的陪伴，即使是私訊裡的寫字也算是的。你給予的是時間，那是我今生所收到最珍貴的禮物，一般人很難給得起。何況，你的工作從來都那麼忙碌，更讓我覺得多麼難能可貴。

謝謝你慷慨的願意給予，我清楚的知道，在時間付出的背後是敬愛。一如在你們十四歲的時候，我曾經花了許多時間，樂意成為你們的眼睛，去挑選文學名著，去看精采的電影，只為了可以在課堂上跟你們分享，我一往無悔，也是因為在那背後是疼愛……

老師的眼睛逐漸在恢復之中，遲早都可以變得更好，是很可以放心的。這一段長達四十天的寫字時期，也讓老師對你有更多的了解。記憶裡，往日十四歲的你，安靜、認真、負責，曾經在課堂上幫了我許多的忙；如今，更讓我體認到你本性中的善良、寬厚、溫暖，讓每個接近你的人都得到了照拂，這有多麼的不容易，我相信你的父母的確把你教得很好。

我曾經在你年少時有機緣和你相識，太久遠的記憶了。謝謝你一直以善意待我，即使後來的重逢，你依舊很真誠的相待。於是，這段情誼才有可能歷久而彌新，令人懷想。

一日，地動天搖，我知道那是地震，並未驚慌，或許因為是在大白天，也或許我以為，死生也是天命。只是，想到不知是否會有災情傳出？我一打開電腦，看到的，竟然是你寫的幾個字：「地震平安否？」訊息的傳遞，快過了我的家人。老師其實是非常感動的。

每天我在凌晨開始工作，那時的你應該仍在酣睡之中吧？或許，我也曾經從你夢的邊緣走過。謝謝你一直待我的種種的好，已經是太好了。其實，可以不必這樣。

將來，在久遠久遠以後，只要你還依稀記得在你十四歲時，曾經得到老師的疼愛，那就很夠了。

希望你快樂，在往後的每一個日子裡。

韋應物（七三七～七九二）

【簡介】

京兆長安（今陝西省長安縣）人。他的詩以寫田園風物而著稱，韋應物早年豪縱不羈，橫行鄉里，曾任滁州、江州刺史。安史之亂後閉門讀書，少食寡欲。德宗時出任蘇州刺史，世稱為「韋蘇州」，著有《韋蘇州集》。

【文學評價】

是繼陶淵明和王維、孟浩然之後的又一個田園詩名家；而他自成一體的簡淡古樸、澄澹空靈的詩風，近於陶淵明。

其山水詩，清新自然且饒有生意，後人以「王孟韋柳」並稱。

愛的流轉

原來，人的一生，是為了見證愛的流轉。

到白河教書時，我才剛大學畢業，教書，是我喜歡的工作，延續了我單純的求學歲月，也讓點燃的生命充滿了意義。

幾十年過去了，當年課堂上相遇的少年朋友一轉眼也都長大了。只是，我老是忽略了這個事實，內心裡總以為他們還小，還需要我耳提面命。我總是那樣的不能放心。

我後來才逐漸明白，他們真的都夠大了，人生閱歷的增加，離合悲歡滋味的嘗盡，他們各自成為一本美麗的書，卻是我所不曾讀過的。獨一無二，而且雋永有味，常令我感到不可思議，簡直無法相信那會是真的。

當我鑽進了牛角尖走不出來時，他們甚至可以反過來安慰我，告訴我：「其實不是這樣的，您已經做得夠好了，一如燈塔，您給了無數人指引的方向和前行的目標。」……

安慰的話語不只一次，也帶給了我很多溫柔的支持。

有一天，我在書上看到這樣一段話：「人生中有三件事無法重返：說出去的話，錯過的時刻和流逝的歲月。」

可是，我已經如此努力了，面對這樣的話語，仍然感到驚懼。

往日的學生卻跟我說：「老師，您不必過於憂慮。您成就的好事太多了。」

終於明白，他們已經長得夠大了，可以跟我平起平坐，甚至可以回過頭來，對我指點一二。

我因此釋懷。

怎麼會是這樣呢？

我忘了時光如飛的逝去，他們長大，羽翼已豐的他們有了更多的新教育和新思維。而我日漸衰老，逐而走向人生的暮年。

記憶裡的白河，仍有朵朵綻放的荷，在薰風中四處招展，那是永恆的美麗，不曾被遺忘。此刻浮現在我心頭的，卻是李商隱的〈暮秋獨遊曲江〉，他的詩是這樣寫的：

荷葉生時春恨生，荷葉枯時秋恨成；
深知身在情長在，悵望江頭江水聲。

荷葉正長得茂盛時，恨那春光易逝，一旦荷葉枯萎時，又恨那秋日來得太早。深深的知道只有此身在，情誼才能長長久久，如今，我只能在江頭悵然凝望，獨自傾聽那滔滔不絕的江水聲正逐漸遠去。

深情執著，難免多有感嘆。人間若是完美，又哪裡會有這麼多的憾事啊。

你看，春天荷葉生長時，在一片盎然碧綠裡，生機處處，並不全然都是歡喜。當秋天荷葉枯殘時，也不盡然都是甜美的豐收。如果禍福相倚，那麼，生存和死滅，也會是相依。所有的富貴繁華都一如眼前的雲煙，轉眼消逝，再無蹤影可尋了。如果，能留住一個溫暖的記憶，我以為已經是上天恩賜的大禮了。

彷彿是師生易位，現在是我聆聽他們的講解和得到鼓勵，而他們正在講桌前口沫橫飛的說著課。

我睜著眼睛，根本不敢相信。然而，這是事實，我應該欣然接受的。不是嗎？

青出於藍而勝於藍，真是好。

如果能一代比一代強，不就是我們所由衷盼望的心願嗎？

我終於體會到，人的一生是愛的流轉，這樣溫馨的感覺，有多麼的值得珍惜！

留一個角落

在居住的空間裡，我常不忘給自己留一個角落。一個角落，小小的就可以了。

就自己一個人，可以做一點喜歡的事。或者，什麼都不做，只是發呆，只是胡思亂想，天馬行空也可以。

總要有一個安靜的角落，只屬於自己一個人所有，彷彿是祕密基地。為的只是，安頓我的心靈。

把喧囂擋在門外，把不快樂關在外頭，讓那些消極的、負面的想法都不能進來，我在安靜裡沉思，召回安寧平靜。

然後，我想起了她。

認識她時，她是個美少女。

的確，她從小美麗非凡，不寬裕的家境，讓她比一般人更早投身職場和婚姻，後來，他們定居新北市。做生意的人家，忙碌無法言說。兒子尤其體貼父母的辛勞，下班後還兼職，卻走於一場意外的車禍，這麼乖巧貼心的兒子遠逝，對她來說，簡直是悲不可抑。

可是，人生如此無常，有誰能篤定的說，今晚脫下的鞋，明早依舊穿得？死亡、不幸，總在一旁靜靜的窺伺著我們，只是我們一無所覺罷了。

世上苦人多，我們未必全然知曉。

所以，不論我們曾經遭逢怎樣的艱難困頓，我們都不會是那最不幸的一個。上天給予每個人的試煉都差不多，這一方若簡單，那一方便繁瑣；這一邊如果輕而易舉，那一邊恐怕窒礙難行。細想來，別人並沒有輕騎過關，自己也未必苦酒滿杯。

夜晚時，我在寧靜的燈下讀詩，讀到岑參的〈山房春事〉一詩：

梁園日暮亂飛鴉，極目蕭條三兩家。
庭樹不知人去盡，春來還發舊時花。

梁園的傍晚，胡亂的飛著歸來的烏鴉，極目遠望，也只看到淒涼寥落的三兩戶人家。庭前的老樹不知道主客都已經散去，每到春來，依舊綻放著和當年一樣鮮麗的花朵。

多情的，或許也只有庭前的老樹吧？年年開花，彷彿與人世的滄桑全然無涉。真的是這樣嗎？

細想來，紅塵悲喜，又有誰能全然置之度外呢？

人生的短暫，也一如清晨的露水吧，轉眼終將消逝無痕。但願，我們都能有豁達的胸襟來看待人世的種種試煉。

我又想：如果有人要跟你更換人生，請問，你願意嗎？思前想後，你不見得會同意，因為對方的負荷並沒有比你的輕省。

請記得也要愛自己，其實，她的其他兒女也都表現不差。前些時候，她來探訪，我們說說話，她還給我看她的全家福照片，顏值都很高，真是帥哥美女齊聚一家了。眼前的兒女都孝順懂事，成家立業，相信也應該是她此生極大的安慰了。

真的，每個人都須要一個這樣的心靈角落，不須大，卻要有足夠的安寧和自在，可以省思，可以面對自己，更可以拿來深深的思念和祝福。

岑參（七一五～七七〇）

【簡介】

出身於官宦世家，幼年喪父，家道中衰，刻苦學習，遍讀經史。約三十歲時考中進士，授右內率兵曹參軍。具雄心壯志，棄官從戎，曾兩度出塞，長期任職塞外，十分熟悉邊塞生活。與詩人高適、杜甫等結交唱和。官至嘉州刺史，後人稱「岑嘉州」。罷官後，客死於成都。

【文學評價】

為邊塞詩代表人物，與高適並稱「高岑」。以七言古詩見長，詩作想像豐富，感情熱烈奔放，融合山水、行旅與贈答等詩歌特色，氣勢磅礴，並有意境新奇的特點。詩人杜甫曾於詩作〈美陂行〉曰：「岑參兄弟皆好奇」，亦即愛好新奇事物。杜確〈岑嘉州詩集序〉曾說岑參之詩：「每一篇絕筆，則人人傳寫，雖閭里士庶，戎夷蠻貊，莫不諷誦吟習焉。」可見其作品在當時即廣泛流傳，雅俗共賞。

凡事感恩

每次跟她說話，我都覺得她的想法過於負面或消沉，真讓我懷疑，她是否出現了輕微的憂鬱症？

她的身體不好，這是她心情不好的主因。

她太關注自己的健康，卻又無力改進，問題因此不得解。

其實，在這個世界上，身體不好的人很多，甚至有的人還癱瘓、臥床，連生活都無法自理，需要仰賴他人的協助。

如果，覺得自己不夠健康，那麼，就需要好好調理，注重營養，加強運動，二者不可或缺。我以為，不宜無所作為。只會唉聲嘆氣，老是抱怨，能對事實有所幫助嗎？

小時候，我讀過一個故事：有個年輕的女孩，總是埋怨自己沒有更多漂亮的鞋子可穿，直到有一天，她看到了一個沒有腿的人。

比上不足，比下有餘。這是實情。

為什麼我們總是看到一己的不足，而心生不滿，多有怨怒？覺得自己有多麼的不幸！卻不知世上還多的是遠不及我們的人呢，他們又能向誰去要求？

讓想起年少時讀唐詩人王建〈十五夜望月〉的詩：

中庭地白樹棲鴉，冷露無聲溼桂花。
今夜月明人盡望，不知愁思在誰家？

庭院中的地面，被瑩瑩的月光照成了一片銀白，棲息在樹梢的烏鴉似乎也變白了一些。秋夜微寒，清涼的露水毫無聲息的打溼了桂花，卻依然幽幽綻放著清香。今晚的月色清朗皎潔，人人都在仰望，只不知有誰會感受到這秋意的淒涼愁緒？

這是中秋望月的情景，以十分精簡的文字卻寫出了內心濃濃的思念愁懷。我想，那月圓人圓者，只覺得有無限歡喜，好一場團聚的熱鬧！恐怕也只有那未能團圓的人，才有這般深刻的感受吧。

所以，珍惜有多麼的必要。

一個人若能珍惜自己所擁有的，若不足，或許可以靠努力來彌補。若不能，是否願意試著平靜的接受，不再有怨尤？

我以為，接受也是一種勇氣。能接受，也就放下了。可以把時間用在更有意義的追求上，不也很好嗎？不接受，無法放下，不快樂可能永遠相隨，哀怨一生，不是太可惜了嗎？

所以，我時時提醒自己：要正向思考，對眼前自己擁有的一切，都要心存感恩。

感恩的人歡喜，也更能體會生活的種種美好。

王建（七六七～八三〇）

【簡介】

字仲初。出身寒微，生活貧困，曾往山東求學，與張籍同窗相識。早年從軍幽州，官昭應縣丞，後轉祕書郎，遷祕書丞，官至陝州司馬，世稱「王司馬」。與韓愈、白居易、劉禹錫、賈島、孟郊等人來往。有《王建集》行世，《全唐詩》編詩六卷。

【文學評價】

擅長樂府詩，與張籍齊名，世稱「張王樂府」。詩作題材廣泛，語言通俗明晰，富民歌色彩。另有《宮詞》百首，以大型組詩鋪敘帝王宮廷生活，流傳廣泛，影響深遠。清朝王士禛《漁洋精華錄》將王建與元稹、白居易、張籍並稱，曾曰：「草堂樂府擅驚奇，杜老衰時托興微。元白張王皆古意，不曾辛苦學妃豨。」清朝沈德潛《唐詩別裁》則稱張王樂府：「心思之巧，辭句之雋，最易啟人聰穎。」

惜花心情

你喜歡花嗎？尋常生活裡，你對花常存有珍惜之情嗎？

我的成長歲月中，幾乎都在鄉下度過，大自然的山水花木、晨昏夕照，一直長伴在我的生活周遭，當時年少，並不清楚那是上天的恩賜以及我的幸運。也是在很久以後，我才真正明白，是大自然的薰陶，形塑了我溫和的個性和與人為善的內在品質。

有一天，我讀到「惜春長怕花開早。」深以為詞人多情，竟然是這樣看待花朵的。真讓我們自嘆不如。

語出南宋．辛棄疾的〈摸魚兒〉：「惜春長怕花開早，何況落紅無數。」說的是：珍惜春光，我總是害怕花兒開得太早了，何況，眼前飄落的紅花無數。

花如果開得太早，當繁華一過，也必然隨之凋零。花開花落，雖然說是尋常，仍不免興起惆悵之感。人的生命不也這樣嗎？

原來，屬於我們的生命也如花。

那天，有人跟我提起某位作家，那是我年少時耳熟能詳的。他寫得勤快，報章雜誌時有刊登，相信喜歡他文章的讀者必然不在少數；只是後來，再也不曾看到他的作品，更不知他蹤影何處？

聽說，他早已因肝癌辭世，得年僅五十餘，也未免太短了，多麼的可惜。他早婚，婚後依舊結交女朋友，或許是個浪漫的人。可是想想，他在塵世的歲月如此短促，早婚、愛玩，卻才華洋溢，畢竟讓人不忍苛責；只是，再怎麼說，都對家人懷有幾分歉疚吧。

像一朵花，開得早，也謝得早。

只是此刻想想，或許作家只是去追尋他心中傾慕的桃花源去了？

我記起王維曾有一首〈口號又示裴迪〉的詩：

安得捨塵網，拂衣辭世喧；
悠然策藜杖，歸向桃花源？

我如何才能奮力擺脫紅塵的種種羅網，真想有一天能拂衣而去，辭別了人世的諸多喧擾；能不能讓我能自在閒適的拄著藜杖前行，回歸到那世外的桃源裡？

莫非歸回田園才是人們心中最大的憧憬？縱使生命裡的困頓，終究難以逃躲。然而，桃花源，卻是每個人在面對現實挫折時最大的想望。

但願屬於我們的日子也可以淡泊的過，如雲的寫意，如水流花放，只要身心能得到安頓，安步當車，也自有餘樂。不是嗎？……

白雲悠悠，世間有多少故事讓人低徊，卻也無言。

圓夢

每個人都冀望自己的夢想能圓滿，只是談何容易呢？

有人這樣告訴我：「當我幫助別人圓夢時，我竟然也圓了自己的夢。」

初聽這話，我是不信的。後來，經歷了很多事，我才慢慢的相信了。

當一個人願意認真的為別人提供服務，甚至毫無怨悔的奉獻一己的心力，當他努力的成全別人時，他也在無形之中成就了自己。尤其，還讓我們的世界變得更好。

這樣的正向思考和美夢成真，多麼令人感動。也暗地裡符合了「人在做，天在看」的事實。

「人人為我，我為人人」，這的確是我的夢想。

他是年輕的耳鼻喉科醫生，曾經跟我談：聲帶長繭、長息肉的新療法。以前是需要手術的，只是手術的效果並不好，很多人後來都復發了。當然這和發聲部位有關，長期不正確的發聲方式是有可能造成息肉的一再增生，甚至長繭，讓聲音變得更為沙啞。

這種情形經常發生在老師們的身上。老師們每天在課堂上反覆講課，甚至聲嘶力竭，長此以往，壞了聲帶，簡直就是「職業傷害」。可是若要開刀，很多人都望而卻步，不敢輕易嘗試；也有人不斷的開刀，有傷口，有疤痕，讓情形一再惡化，也不知該如何是好？

有一年，他到國外參加醫學會議，遇到了另一位耳鼻喉科醫生，雙方分享醫療心得。原來，也可以不必開刀，只需要注射，息肉將因此逐漸變小，甚至消失，就可以回復了。八成以上的病人如此，另外兩成比較棘手的，在評估之後，需要第二次注射，療效亦佳。只是，這種治療，花費的時間比較長，約需一個月。注射後的第一週，聲音依舊沙啞，也可能被誤以為更糟；然而，往後就漸入佳境，越來越好了。

他曾經幫許多病人如此治療，結局是皆大歡喜。

有一次例外。

注射後一週，病人四處抱怨，說情形變壞了，都是醫生和護士小姐害的，還到別科去四處張揚。照顧他的醫生和護士小姐都知道了，心中不免感到有些委屈。

回診時，醫生調出影音檔給病人看，當初曾經清楚告知所有療程，錄影帶可以作證。病人卻辯稱她只是一時忘了。既然如此，醫生希望她去跟護士小姐道歉，她也沒有去，或許又忘了。

一個月以後，病人確定已經完全康復，這次的注射治療顯然十分成功。

只是這樣的病人，如此沒有禮貌的態度，是很傷醫護人員的。

我力勸他要胸懷寬闊，只要我們做對的事，問心無愧，就不必耿耿於懷。不是嗎？

唐詩人王維有一首〈終南別業〉的詩，是我喜歡的：

中歲頗好道，晚家南山陲。
興來每獨往，勝事空自知。
行到水窮處，坐看雲起時。
偶然值林叟，談笑無還期。

我中年以後，就很喜歡佛家的道理，晚年時，隱居在終南山邊的輞川別墅。每當興致一來，經常獨來獨往，面對那麼美好的景物，心中快意只有自己才能明白。有時候信步走去，走到水源的盡頭，就隨興的坐下來，看見雲霧的升沉，多麼的自由自在。走在回來的路上，偶然會遇到住在山林裡的老人，就停下來隨意閒談幾句，大家都很開心，甚至還忘了回家呢。

豁達的胸襟，多麼令人心生敬意。

所以，縱使我們遇到挫折，也無須灰心。

幸好這般不明事理的病人極少，醫生視病猶親，患者願意配合，才造成「雙贏」的局面，也圓了彼此的夢。

天空的雲彩瑰麗

天空的雲彩如此瑰麗，我相信，妳會是那最乾淨、最明亮、也最美麗的一朵。

妳遠逝的時候太年輕，未婚，正在追逐夢想，妳寫小說，在文壇上初試啼聲。哪知會倏爾銷亡，留給我們太多的不捨？

怎麼會突然病倒的呢？居然是來勢洶洶的腸癌末期！妳比我們都更注重健康，還每個週末假日專程搭車到臺大打球。是工作太累了嗎？教書寫作，還常義務去幫識與不識者的忙……是負荷太重，休息太少，致使健康亮起了紅燈？或者一切皆有定數，妳急急的被上天召回，到底又有怎樣的深意呢？那時，也還年輕的我，其實是看不真切的。

只是太傷心。從此追求理想的大道上少了鼓勵之人，問學的路上少了相互切磋的友伴，我終究得承認自己的寂寞。

許多年來，無論我閱讀或寫作，我都必須更加的努力，不只做好自己的這一份，還有屬於妳的那一份。很多人看到了我的認真以赴，都覺得「這般的鍥而不捨，簡直不可思議。」我卻安之若素，一切都視為理所當然。

然而，在天上的妳息了病痛的苦，一定更加的自由自在了。妳，都還好嗎？去年，妳的好朋友得了胃癌，藥石罔效，幾個月後大去，消息讓我驚駭哀傷，如今妳們該已在天上相逢了。人生這般無常，有太多的事由不得我們，思之令人悲切。我告訴自己：唯有活在當下，認真向前。

不宜為死者流太多的眼淚，生者都應努力活出生命的光和熱。我以為，懷念就放在心的底層，我們遲早都會相聚在另外一個時空。

一日，讀唐詩，讀到朱放的〈送溫臺〉，心裡有很深的感觸。

渺渺天涯君去時，浮雲流水自相隨。

人生一世長如客，何必今朝是別離！

你要去那渺遠的天涯，自然有浮雲和流水相伴隨。唉，人生在世，長年都像是過客，經常都在遷移流離之中，何必認定，只有今朝才是別離呢！

我們既然都只是過客，又何須為了別離而痛苦？

依舊感謝往日妳的善意相待，友誼無價，它將生命的荒原變成了綠洲，創造了讓人驚詫的奇蹟。

妳走得太早，卻也讓我們記得妳年輕的容顏，如鮮花的綻放，從來不曾老去。將來我們重逢時，或許我已枯槁，妳能否認得出那就是我呢？

如今，我手中擁有的歲月越來越少，這是否也意味著彼此相會的時日正逐漸的接近？

當我活著時，我認真工作，不讓日子虛度。當我遠逝，想到妳早在彼端久候，我的傷悲因此不再。

當我們相聚時，必然像雲彩的相互靠近吧，相信重逢時的天空也會是瑰麗的。

卷三

此情可待成追憶

風鈴的故事

我一直很喜歡風鈴，只因為它的聲音太美了。

的確，風鈴有著悠長的聲音，很迷人，跟鈴聲一點也不像，我以為，比較像是音樂。

風鈴的聲音常引發我的種種聯想，讓我的思緒，不自覺的飄向了遙遠的他方，那是一個更為美好的國度，沒有紛爭，只有寧靜、平和。

風鈴的聲音，應該是屬於風的音樂吧?在不同的季節聆賞，我都覺得各有佳妙。春天聽來，有如繁花的盛放；夏日聽著，感覺清涼的吹拂，秋季裡聽到，有若婉約的詩篇；冬天聽了，彷彿帶著溫暖而來。

唯一大不同的，是在颱風來臨時的狂風大作，風鈴的感應竟也好似悖亂、驚恐，毫無章法的，有如陷入極度的驚駭之中，進退失據，徬徨不知如何予以應對。

唐詩中，有關音樂的詩極少。我曾讀到了這樣的一首，是郎士元的〈聽鄰家吹笙〉：

鳳吹聲如隔彩霞，不知牆外是誰家？
重門深鎖無尋處，疑有碧桃千樹花。

悠揚的笙歌宛如鳳鳴一般，也好似來自天邊的彩霞一樣，只不知這牆外的鄰居，到底是什麼樣的人家？只見重門深鎖，無處可以探尋，我想在那院落裡，該會有千百株碧桃盛開，燦爛得宛如五彩雲霞吧。

這是一首可愛的詩，即使我聽到的不是吹笙的樂曲而是風鈴的聲響，我仍然覺得，這詩帶來種種聯想的美好。……

我喜歡風鈴，我的朋友也是。難道是磁場相近的原因嗎？我不知道。

有一次聊天，她跟我說：「年少的時候，我太愛風鈴了。我在心裡悄悄的許願：如果有男士送風鈴給我，我就嫁給他。」可惜沒有人知曉少女的心事，竟然等不到一個帶著喜氣的生命風鈴。

少女的情懷果真如詩。然而，她真會為了一個美麗的風鈴而把自己給嫁了嗎？不計對方的人品、學識和健康？我對她的話存疑。

其實，也無須深究。不過只是往日歲月裡的一個繽紛的夢。

每次，我在風鈴聲裡，都能感知風的存在，細想之下，原來，我們的生命也像風一樣的流動，其實是變動不居的，也未必能全然的加以掌握。會不會我們也需要一個心靈的風鈴呢？用以時時提醒自己生命的無常和變異，時間總是如此的快速逝去，若不知珍惜，只揮霍無度，一切都將成為夢幻泡影。

風鈴，當風吹過了以後，還留下美好的聲音，有如音樂一樣的迷人。有了心靈的風鈴，在生命走向遠方之際，也會留下動人的印記吧？

因著風鈴的存在，此後，每一回起風的時刻，讓我有所期待；每一步歲月的足音，都讓我更加覺得真實和深刻，日子彷彿也更為有滋有味了。

郎士元（生卒年不詳）

【簡介】

約公元七六六年前後在世。字君冑。天寶末年登進士第。後歷任拾遺、補闕、校書等職，官至郢州刺史。著有《郎士元詩》詩集一卷，《全唐詩》編詩一卷。

【文學評價】

其詩作內容多為投贈送別之作，在唐朝即有詩名，與錢起齊名，世稱「錢郎」，當時有「前有沈宋，後有錢郎」之說。唐朝高仲武《中興間氣集》以唐士元為下卷之首，謂其詩較錢起「稍更閒雅，近於康樂」。明朝胡震亨《唐音癸籤》引南宋詩人劉辰翁語：「士元諸詩，殊洗鍊有味。雖自濃景，別有淡意。」

小說家的愛情嚮往

小說家從遙遠的北國返臺探親，臺灣雖然也是冬天，但畢竟是地處亞熱帶，只要沒有寒流來襲，彷彿是春暖花開，要不，也像是天涼好個秋。

比起冰天雪地，寒意侵人骨髓的大陸東北，相距真的不可以道里計。

我們好久不見了，天馬行空，亂聊一通，可是有多麼的開心啊。

當年她在臺灣時，我們就已經是好朋友了，可惜她去國離鄉太久，幸好友誼仍然芳醇。

有一次聊天時，小說家跟我說：「如果能重回年少，我一定要談一次轟轟烈烈的戀愛。」

我很驚訝，「難道，妳的婚姻不是從愛情開始的嗎？」

「那時候，已經到了適婚年齡，家裡催逼得緊，於是，相親結婚，跟古時候的送作堆，也沒有差很多。」原來如此。

可是青春年少不能重返，小說家早已年過半百，如果想要於婚姻之外譜出戀曲，可行嗎？

我的膽子小，深以為感情的事易放而難收，縱使遇到對的人，如果不是在對的時間，只怕會是悲劇一場。何況，都到了這樣的歲數了，對的人和對的時間，恐怕都一樣的飄渺。在我看來，簡直都是不可能的任務。

何況，小說家原本就頗有名氣，萬一事機洩漏，到時候，狗仔跟拍，記者亂寫，鬧得沸沸揚揚，八卦滿天飛，左鄰右舍指指點點，還真不知道該如何收場呢。

我建議，寫一個愛情故事就好。

這對擅長寫小說的她來說，應該不難吧。

要如何鋪陳，要怎樣的纏綿悱惻，可以可歌可泣，驚天地而泣鬼神……小說家的好筆，相信會是如入無人之境，就任她天馬行空，任意馳騁揮灑了。

在她，還會有什麼困難的嗎？簡直如反掌折枝之易。

我想起的是李商隱的〈錦瑟〉一詩：

錦瑟無端五十弦，一弦一柱思華年。
莊生曉夢迷蝴蝶，望帝春心託杜鵑。
滄海月明珠有淚，藍田日暖玉生煙。
此情可待成追憶，只是當時已惘然。

打開錦瑟，真不巧它也有五十條弦，因此錦瑟上的每一根柱每一條弦，都讓我想起了自己的美麗年華。就像莊周夢蝶一般，如真似幻。也曾經有過像望帝一樣的感情，真想化作杜鵑鳥好留住春天。憶起往事，想到悲痛處，不禁愴然落淚，彷彿置身在滄海月明之下，到底是珠光，還是淚影呢？有時想起歡樂事，忍不住喜形於色，就像藍田日暖、良玉生煙。然而這些都不過是回憶中的點滴，只是當時為什麼一片迷惘呢？

年少時，心思清純，涉世未深，如果為情所困，也是可以理解的。

然而，已經面臨人生黃昏，生命就在回顧的時刻，每一段情都會是一首歌嗎？我搖搖頭，只怕歡愉不多，惆悵卻滿懷。

記得年少時候，我讀玄小佛的《白屋之戀》，那時候，她不過是一個十七歲的高中女生，第一本小說就一炮而紅，眾所矚目。十七歲的小女生，其實仍生活在單純之中，沒有什麼離合悲歡的人生際遇。於是她寫愛情故事，因為愛情故事允許天馬行空，沒有一定的規格和範本，誰也無法指陳說她寫得不像。這也算是另闢蹊徑了……

小說家靜默不語。或許，她需要再想一想吧。

我倒覺得，寫一個美麗而扣人心弦的愛情故事，不失為良方。最重要的是，沒有什麼可怕的後遺症。看來，年紀大了，我的膽子反倒變小了。

樂觀其成，我真心這麼想。

生活繽紛如詩

我認識她很久了，從她是個十五歲的少女到今天的耳順之年。
我彷彿聽到歲月的大河，波濤壯闊，洶湧而過，如今的我們早已不年輕了，何況我還曾經是她當年的國文老師。
我們相識於白河，那是一個知名的稻作區。
記得，我曾經讀過張演的詩〈社日〉：

鵝湖山下稻粱肥，豚柵雞栖對掩扉。
桑柘影斜春社散，家家扶得醉人歸。

社日在鵝湖一帶的山下，田裡的稻粱都已經肥熟了，豬欄和雞窩兩對面都關上了門。這時候，太陽照在桑柘樹上的影子都西斜了，天將暮，參加春社歡宴的人才剛剛散去，只見家家戶戶攙扶著喝醉了的人回去。

這首詩，寫的是春社之樂，也很忠實的描繪出農家的生活。農家生活極為辛勞，但是他們也有歡喜作樂的一面。質樸而溫暖，那麼深刻的印象，讓我至今不能忘。

她家是種田的，躬耕勞苦，卻也傳承了堅毅的個性。

她是個苦孩子長大的，國中畢業以後，拮据的家境，讓她無法繼續升學，她早早投入職場，嘗試過很多工作，後來進入婚姻，養兒育女，丈夫決定在業界自立門戶，白手起家，她跟著吃苦受累，不曾有過一句怨言。

她喜歡閱讀，長年跟書為伍，也讓她書卷氣息濃厚，閱讀更帶給了她不一樣的心靈境界。

艱困的成長歲月並沒有讓她成為一個唯利是圖的人，她對名利很淡泊，反而喜歡大自然。有一天，她和丈夫晚歸，竟然看到路旁臺灣欒樹的美麗花朵在燈光下熠耀生輝，她開心得手舞足蹈。遇到我時，還說給我聽，眼睛發亮，興奮不已。我但願她的丈夫是懂得她的，這個妻子也未免太好養了，不須鑽戒豪宅，只要得空時，帶著她欣賞山水，還不需要自家另闢花園，只要看看路邊的花就心滿意足了。不知她的丈夫是否也是個重視精神生活的人？

我有個好朋友心思細緻，她的妹妹則大而化之，妹夫是另一類的人，顯然妹妹並不懂得。有一次，她聽見妹夫跟妹妹說話，妹妹按兵不動，沒有理睬。她去跟妹妹說，其實妹夫的真正意思是如何如何，妹妹的反應很驚奇，然後說：「有夠麻煩。」不同類型的夫妻也未必不能相處，幸福婚姻的經營，靠的還是彼此的尊重、信賴和包容。

有一天，我在書上讀到一句話：「愛你的人未必是為你花錢的人，而是願意花時間陪你的人。」此話入心，多麼讓人感動。在這個世界上，金錢能買得到的禮物，或許是比較俗氣的吧，可是，像陪伴、真誠、善良、同情等等，卻又何其珍貴，甚至是屬於永恆的記憶。

我周遭的人大半是喜歡文學藝術的，有些甚至是創作者，為此，他們不太有市儈氣，大致都能懷抱著理想的追尋，所以作品也多半清新高潔。人的內心哪裡容易隱藏呢？作品也是一種訴說，或許還說得更多？

愛讀書的我，也常把朋友們當書來讀，的確各有佳妙，經常引人入勝，讓我欲罷不能，十分有趣。

文藝的花園，各式各樣，兼容並包，所以會是萬紫千紅。我們生活的世界，又何嘗不是這樣？

張演（生卒年不詳）

【簡介】

約宋文帝元嘉中前後在世，生卒年不詳。字裕之，南朝宋張茂度之子，吳郡吳人。官至太子中舍人。著有文集八卷，《隋書經籍志注》傳於世。

年少不知窮滋味

有時候，她記起年少往事，有如夢寐。在平靜裡回味，她仍然心懷感謝。一路走來，一直有著上天對她的疼惜和祝福。

那年，她正青春，美麗如花，就和男友一起進了禮堂，婚姻大事底定。婚前，她的母親是很有疑慮的。那男友的學歷和職業都不如她，雖然有個正當工作，卻又看不出往後的前途。母親是疼她的，就怕她將來會吃苦。

她跟母親說：「如果吃苦，也是自己甘願。」既然她都這麼說了，想來執意非君不嫁，母親因此放下了憂心，不再阻攔。

婚歡歡喜喜的結了，一如她所願。

婚前的日子如詩，由於備受寵愛，當然天天都開心。婚後，則是屬於現實的生活，她彷彿從雲端回到了人間，衣食住行，在在需要打理和計算，一下子，她終於明白了，務實的日子裡容不下夢幻的存在。

她跟自己說：結了婚，就是大人了，是要扛責任，努力以赴，風花雪月都必須存放在昨日了，不宜牽繫不忘，那恐怕是沒有多大意義的。

丈夫是對她好，人品也不差，可是，不知為什麼，工作老是換來換去，有一搭沒一搭的。養家的擔子因此落在她的肩上，她開始嘗到了窮滋味。或許，也沒有很窮，只是處處不寬裕。

畢竟她有一份安穩的工作和福利，談不上流離失所，更沒有四處漂泊。只是，貧窮，比她想像中的，還要更艱難許多。

在她的成長歲月裡，家境算是小康，衣食也還周全，那是父母的胼手胝足勉力維持的。

真的，貧窮，無法浪漫。原來，有些時候，浪漫也是金錢的堆砌。如果處處都想要省錢，浪漫早就從窗子飛出去了。畢竟生活總是現實的，尤其，在有了兒女之後，開門七件事，柴米油鹽醬醋茶，樣樣都要錢。當手頭不寬裕時，每個錢都要打二十四個結，窮日子，哪裡會好過？

幸好，慢慢的，兒女長大了，負擔也逐漸輕了一些，這時，她也已經走向了中年。丈夫還是個好人，還是對她不薄，十分體諒，只是不知為什麼老賺不到足夠養家活口的錢。

她的確是嫁給了一個正人君子，也真的人品好，沒得挑剔，她不應有怨。她想一切都會越來越好。

一日，她記起很久以前讀過韓偓的〈寒食夜〉：

惻惻輕寒翦翦風，小梅飄雪杏花紅。
夜深斜搭秋千索，樓閣朦朧煙雨中。

柔柔的晚風吹過，帶來薄薄的寒意，小小的梅花如白雪紛紛飄落，粉紅的杏花靜靜綻放。此時已是深夜，繫著秋千的繩索還空懸在那裡，樓閣也變得朦朦朧朧，悄悄立在一片迷濛的煙雨之中。

讀了幾遍，她覺得心情好很多。美好的詩，如此雋永深情，從來都具有療癒的作用。

紅塵裡家家有本經，都是傷腦筋。

她也明白，人生又哪有完美的呢？

只是，每每想到，婚前母親對她的種種擔憂，她知道那是母親對她的愛和疼惜。多麼令她永遠感激和懷念。

韓偓（八四四～九二三）

【簡介】

字致堯，小字冬郎，號玉山樵人，京兆萬年（今陝西西安）人。唐昭宗龍紀元年進士。曾任翰林學士、中書舍人。後因不願依附朱全忠，被貶為濮州司馬，不久又貶為滎懿縣尉、鄧州司馬。

【文學評價】

其詩作大致可分三個時期。初期是被貶謫之前，擅寫宮詞，多寫豔情，詞藻華麗，〈幽窗〉有「手香江橘嫩，齒軟越梅酸」之句，人稱「香奩體」，著有《香奩集》。中期是在被貶謫之後，其詩慷慨激昂，異於當時靡靡之音。晚年熱愛樵耕生活，寫詩抒發閒適心情。李商隱以〈韓冬郎既席為詩相送因成二絕〉讚賞：「十歲裁詩走馬成，冷灰殘燭動離情。桐花萬里丹山路，雛鳳清於老鳳聲。」北宋沈括《夢溪筆談》稱「韓偓為詩極清麗。」

一時迷惑

在漫長的人生旅程裡，我們但願能保持永遠的清明，那是智慧，也是幸運。只是，仍不免有迷惑的時刻。

我的朋友是一個傳統的女子，保守、顧家，相夫教子，善盡主婦的職責，也讓丈夫無後顧之憂，一家和樂。

儘管結婚多年了，夫妻相安無事，逐漸的，兒女也長大了。

這時，她開始走出家庭，重拾年少時的興趣，她去學畫畫，拜師學藝，也認識了其他的畫友。

其中有一個畫友對她極好，她謹守分際，不隨便接受邀約，縱有邀約，也堅持各自付賬。可是，畢竟是同好，有很多共同的話題，每次也都相談甚歡。

有一陣子她發現，自己茶不思飯不想，逐漸變瘦，體重數字直直落，她想，怎麼會這樣？雙方各有家庭，長此以往，那還了得？

她陷入苦惱之中，卻不知該如何是好？

內心浮現的，竟然是王維的〈相思〉：

紅豆生南國，春來發幾枝；
勸君多採擷，此物最相思。

紅豆生長在南方，春天來時，就垂掛在那青綠的枝條上。如果你經過時，請多摘下幾顆，因為它最能慰藉人們的相思。

紅豆隱喻著思念。她思念著誰呢？不是自己的丈夫，竟是另一個男子？她遲疑徬徨多日而無解。

聰慧的好朋友知道了，就跟她說：「依我看，對方只是符合了妳喜歡的溫文爾雅的類型，真實的情形，恐怕不等於對方確實是妳所愛的人。」

聽聞這話，她立刻驚醒過來，一時的意亂情迷因此成為過去。

她跟我說起這件事，我以為感情的事因為非理性，若放任，不加以設限，也可能釀成大禍，因此，寧可防範於未然；否則，一旦氾濫成災，恐怕傷人傷己，真是大不妙。

會不會有一天當她走到人生的黃昏，回顧的時刻，想到生命裡也曾有過這樣一段意亂情迷，到那時早已雲淡風輕，不起波瀾，只是一個曾經有過的故事罷了？

她從來不曾跟我明說那個人是誰，可是，我卻敏感的知道我曾經見過那位男士，還看了他的畫展，寒暄了幾句，只是不知他們之間有過這樣的故事。

唉，早都已經事過境遷了。漫漫人生路，也的確會有一些小故事穿插在其間，或許也是留予他年說夢痕？

黯然的淚滴

所有的婚姻不都是從愛開始的嗎？為什麼幾年以後，再談起來，卻多的是黯然垂淚呢？

我們認識，是因為我們是童年時的玩伴，少年時的同窗，一起長大，也常相往來。

我們一直都有聯絡，固然因為我們的興趣相同、性情相近，更重要的是，我們內在的世界太相似，我們對事物的反應常有契合之處，所以當我面對著妳的時候，我常以為我面對的是我的姊妹。

我們其實不只是好朋友，而是如手如足。

過年前，妳跟我說，妳打算到加拿大讀書。下這樣的決心，並不容易，妳已經結婚，有太多的牽牽絆絆。可是，我明白，是妳想拋下婆家對妳的種種牽制。看來，妳已無法再忍，甚至不惜決裂離去。

妳真要去讀書，心意已決，分離已在眼前。

妳的心情，會不會也有幾分如李白〈宣州謝朓樓餞別校書叔雲〉的詩：

棄我去者，昨日之日不可留。
亂我心者，今日之日多煩憂。
長風萬里送秋雁，對此可以酣高樓。
蓬萊文章建安骨，中間小謝又清發。
俱懷逸興壯思飛，欲上青天覽日月。
抽刀斷水水更流，舉杯消愁愁更愁。
人生在世不稱意，明朝散發弄扁舟。

離我而去的昨日時光，早已不可挽留。擾亂我心緒的，是今日的時光，多麼教人煩憂。我在此為你餞別，看著長風萬里伴送著秋雁，對此情景，正可開懷酣飲。你在蓬萊道山裡擔任校書，文章有建安高古的風骨，又有謝朓清發雋秀的才思。筆下都懷著奔逸的興致和豪壯的情感，就好像要飛上青天去觀賞日月一樣。更好比抽出快刀去斬斷流水，流水卻更見凶猛奔流，想要舉起酒杯消除心中的愁悶，卻只是愁上加愁。人生在世，總不能稱心如意，還不如明天散著頭髮，去駕一葉扁舟，自在的漂流。

這是一首送別詩，讀著讀著，竟讓我很不捨。

我非常擔心。忍不住給妳打了一個電話，我和妳的家人都熟，可是那天我居然聽不出接電話的人是誰？後來才知道是妳的先生，很明顯那極力壓抑的聲音，似乎在哭，電話交到妳的手上，妳的聲音也怪怪的，卻說：「沒什麼事，不必擔心。」讓我的疑慮更深了。

婚姻是人生的道場。走入婚姻，該學的事太多，彷彿是在朝夕之間加速成長，單純被遠遠的拋棄，和著眼淚和痛苦，融入了另一個家庭，乖巧聽話的我們，奉獻了所有的一切，遺忘了自己，到後來竟然發現自己一無所有，所有的委屈，並不能換得求全，只是徒然被看輕而已。

作家潘人木說：「婚姻只是一個上天設下的騙局，家庭和兒女耗去了太多的青春和心力。如果妳覺得自己還有一些才情，那麼就不要結婚……」這話說得沉痛，卻不失至理名言，可惜，多數的人都覺悟得太晚了。

婚姻是圍城，只怕進去容易出來難，唉，再回頭已百年身。

尤其，夫妻之間，如果老是由於婆家的事來吵，為了小叔的自私、小姑的告狀、公婆的偏心、虧空的錢財……又有哪一件事是自家的呢？越吵情分越薄，竟得為這樣，而賠上原有的幸福嗎？

紀伯侖在《沙與泡沫》裡，這麼說：「天堂就在那裡，在那道門之後，在隔壁的房裡；可是我把鑰匙弄丟了，或許我只是把鑰匙放錯地方。」

會不會這一切也只是誤會呢？

妳的先生其實是個正人君子，只是為了他的原生家庭，他無法護衛妳，讓妳一再的傷心流淚，然而，怎麼可能要走到如此決裂的地步，又是多麼讓人神傷不捨啊？

能不能再給彼此一個機會？能不能再重新開始呢？
能不能，再更有智慧的來處理這件事？
好朋友，在妳做決定之前，妳肯不肯先來我這兒小住一段時日呢？

無言裡的悲戚

昔日的金童玉女終於爆出了婚變，宛如在人們平靜的心湖裡，丟下了一顆震撼彈，漣漪處處，無有止時。兩個人都在學校裡教書，教的還是同一科系，怎麼搞成這樣的？

他們結婚也十年了，有一個兒子八歲。讀小二。

彼此認識得夠早也夠久，從大學時的班對走到今天，時間真是不短。

先生比較活潑，太太偏向安靜，不能據此就說兩人的個性不合。婚姻中，互補的成功案例也隨處可見。

起因於先生到某個大學兼課，遇到了另一個也一樣外向的女老師，談得來也走得近，終於擦出了火花，感情的燎原一發而不可收拾。或許一開始，仗恃著雙方都有家庭，不以為會有不倫之戀。然而，感情易放而難收，畢竟非理性，因此「慎始」有必要。

由於出軌的雙方各自想要離婚，另外重組家庭。第三者離成了。這邊的先生，由於太太不肯簽字，而整個卡住了。

先生怨懟的說：「每次我希望妳陪我去看夕陽，妳總是說，沒有空。」太太委屈的回說：「我要做家事，還要照顧小孩。」……

我常想，人，其實是複雜的，心思百轉，又有誰能真正看得透徹呢？人與人之間，能成為談得來的朋友，恐怕都有某些心靈上的契合。契合，常成為彼此深交的關鍵。

可能是類型相近的人，可能有某些人生遭遇雷同，可能價值觀近似、理念相同。或者是同好，或者彼此欣賞，例如從對方的身上看到了自己所沒有而又十分羨慕的人格特質……

「人世間的相遇，都是久別重逢。」這話說得浪漫而深情，聽得人怦然心動。

真的是這樣啊？結局卻有多種，恐怕都各不相同。那是因為人有百百種，稟賦不同，發展各異，怎麼可能會有一致的結果呢？

我以為，若結局相同，那也太不可思議了。是因著未知，才讓人生顯得步步有趣的吧？

那麼，這樣深相契合的人若結為連理，應該是讓人欣羨的佳偶吧？答案卻也未必。

美滿婚姻中，雙方相互的尊重和無盡的包容，才是奠基的重點。

然而，變與不變，讓婚姻呈現了多種面貌，有時候，是令人為之扼腕嘆息的。

大詩人劉禹錫有〈竹枝詞九首其二〉：

山桃紅花滿山頭，蜀江春水拍山流。
花紅易衰似郎意，水流無限似儂愁。

山上的桃花灼灼其紅，開滿了整個山頭，春來時，蜀江的江水拍打著青山急急流淌。花顏雖美卻也易凋，一如他對我短暫的情意，然而，水流潺潺，無有終止，就像是我心中的憂愁一樣無法停歇。

屬於她的愛情終究蒙塵，她的心已灰敗。

她沒有簽字離婚，不意味著心中的依戀。或許，她還需要細細的考量吧？畢竟婚姻不是兒戲。

如果能惜情惜緣，在許多的磨合之後，成為佳偶或也不無可能。

那麼，面對學界昔日的金童玉女，如今劍拔弩張，恩斷義絕，雖然讓人覺得遺憾，可是，坦白的說，在這紛紜的人世，也並不意外。

然而，我無言，卻不免有幾分悲戚的心情。

更深的夢

屬於她的那段日子多麼不堪回首啊！

起因於，她察覺丈夫的背叛。

其實，自己受過不錯的教育，漂洋過海，拿了碩士學位，然而，高學歷又怎樣呢？當事情發生以後，她的表現有如瘋婆子，一哭二鬧三上吊，外加跟蹤、羞辱對方、四處寫信告狀，要不，就拚命找人算命。到底，自己是怎樣的心態呢？希望那女人離開？希望丈夫回頭？還是，根本就把自己的婚姻給毀了？

然而，在那樣的一場混亂裡，她實在無法理清頭緒，只覺得，怎麼會這樣？怎麼甘心這樣？她要反擊，甚至寧為玉碎、不為瓦全。

每天，她勉強進辦公室，該處理的事情也盡力而為，一下班，她就去丈夫的公司吵，跟上司理論，罵那個賤女人。她怕什麼呢？有理走天下。她可是正牌的大老婆，豈能容許小三張狂？

周圍也不是沒有人勸她冷靜，可是，說話的人也未免看得太輕鬆了吧？你不曾被傷害，又哪裡知道那樣的痛，是痛入心扉的？你不曾遭遇背叛，又哪裡明白那種心如槁木死灰的絕望感受？……

她什麼話都聽不進去，只一意孤行，勇往直前，她是復仇的女王蜂！

最後，終於落幕了。

丈夫離職，另覓工作，在外地，遠離了是非圈。她才善罷甘休。

保住了家，保住了婚姻。上天還是疼惜她的。

很久很久以後，丈夫過世了。她也走到了人生的黃昏。

她仔細的回顧這件事，會不會是自己的反應過度呢？是她極度的恐懼失去丈夫，她更不願意讓家不完整？

在內心裡，有一個小小的，卻又清晰的聲音：「我不願意重蹈母親的覆轍，我不願意成為一個被拋棄的女人。」

父親外遇時，她還讀中學，家裡的氣氛很差，母親經常流淚，她多麼同情母親，卻也覺得母親太懦弱了。

由於母親不肯離婚，依然保留了合法的婚姻地位。畢竟母親的娘家有錢有勢，父親不敢強逼，只是他搬了出去，從此對妻兒疏離而少有聞問。

父親的缺席，是她成長歲月裡的陰影，她從來不說，可是她知道，她的心裡有一個洞，空虛、痛苦而迷茫。

會不會是由於原生家庭的影響，讓她在風吹草動之餘，竟以為是草木皆兵了？

她痛責大罵，只為了保住婚姻。母親是隱忍的，她則採取了完全顛覆的作法，是因為這樣，所以她贏了？

想到母親曾經有過的種種委屈，暗夜裡的哭泣，她總是寄以深深的同情，卻也不免怨怪母親的過於軟弱。

她記得，李白有一首小詩〈玉階怨〉：

玉階生白露，夜久侵羅襪。
卻下水晶簾，玲瓏望秋月。

玉石的臺階上，滿是潔淨的露水，她久久的佇立等待，深夜裡的寒氣，把羅襪都浸濕了。她孤單的走回臥房，放下透明得像水晶一般的簾子，默默的望向那玲瓏的秋月。

長夜等待，為的是誰？望月不至，母親的內心必然充滿了幽怨吧？……

就在日暮黃昏的此刻，她在無意間讀到紀伯倫對婚姻的忠告：「彼此相愛，但不要讓愛成為束縛，寧可讓它成為流動的海洋，在你們靈魂的兩岸之間。」

如果她能更早讀到這樣的智慧之語，會不會當年那樣的一場紛擾可以免去？會不會她真能靜下心來，採取一個比較婉轉的方式來處理？

愛對方，是應該給予尊重，也給雙方適度的自由，這樣將更有利於彼此的成長和學習。

只要心靈真正相屬，時時以對方為念，自有道義的承擔，卻不必緊緊的繫在一起，讓雙方都不能呼吸。

她終於曉得，如果丈夫能回到她的身邊，其實是上天對她的眷顧，而不是她採取的激烈手段告捷。

她是感恩的。即使她不曾說出口，也希望在天上的丈夫了解她有過的歉意。

久別重逢

重逢是令人歡喜的，到底我們有多久不見了呢？算一算，竟然都超過三十年了，多麼久遠的歲月。

再次見面，她的景況比起當年好很多，真心替她感到高興。我們細細的說著話，往事如煙，韶華已然遠逝，然而，只要她過得比往日好，一切也都值得了。

上次見面是在很多年前的一個夏日黃昏，我在朋友家裡見到她，氣氛暗淡而淒迷，那時她正從他校轉入，原本應該慶幸，此後一家得以相依，再不必起早趕晚，赴遠地教書，哪裡知道迎接她的，會是一場婚變？丈夫外遇，第三者已經懷孕，等著這方離婚，立即扶正。錯在男方，可是，沒有贍養費，連就讀國小的兒子也不肯給她……

她默默隱忍，沒有張揚。離婚後，她轉回娘家附近教書，直到退休。

在不幸的婚姻裡，有太多的傷痛，眼淚，爭執和委屈。到底有誰會是贏家呢？我從來不以為。

在我的內心世界裡，她曾經像是詩人崔塗所寫的〈孤雁〉：

幾行歸塞盡，念爾獨何之？
暮雨相呼失，寒塘欲下遲。
渚雲低暗渡，關月冷相隨。
未必逢矰繳，孤飛自可疑。

一行又一行的孤雁，已經飛回邊塞去了，不知孤單的你要飛向哪裡？在一片暮雨中，你呼喚著走失的同伴，想要下到寒塘棲息，卻惶惑遲疑再三的徘徊。你穿過小洲上低垂的夜雲，暗中渡過水面，關塞淒冷的月光緊緊相隨。雖然你在旅程上未必會遇到暗箭的襲擊，可是你獨自飛翔，還是要多加小心啊。

這樣一首詠孤雁的詩，冷冷的蒼穹，淒清的月夜，烘托出一片幽微的心境，以精微的文字卻又寫得如此深刻，帶給了我們許多的省思……

她不可能沒有怨懟，然而，漫長歲月，她又是怎麼走過來的呢？

上進的兒子求學過程順利。讀醫學院時，學費，離緣的丈夫付了，可是，每月的生活費不敷使用，兒子曾經想要兼家教來補貼，可是，醫學系的功課一向沉重，就怕顧此失彼。當她知道兒子的左右為難以後，立刻表明願意金錢支援，這也讓他們的親子關係更好一些。

如今，兒子已經是執業的醫生了，結婚了，讓她有了一個賢慧的媳婦和可愛的孫子，家庭、事業都得意，一如她心中的想望。前夫突然病逝，一切的恩怨都已落幕，塵歸塵、土歸土，此後再也沒有任何的瓜葛了。雖然在這期間，她曾經罹癌，但經過治療，目前的病情穩定，看起來精神很不錯。也算是否極泰來。

我一直相信，人在做，天在看。上天畢竟給了無辜的她一個公道。

我也終於明白，當年她的隱忍，是由於兒子仍在丈夫手裡，如果雙方撕破了臉，兒子若知道他有個很不堪的父親，只怕父子親情疏離，說不定也會是兒子成長過程裡的陰影，又有什麼好處呢？終於知道她的苦心孤詣，是為了成全她最愛的兒子。慈母心思的縝密，寧可委屈自己，多麼令人為之動容！

她真是一個善良、溫婉的女子。

希望她往後的歲月依舊靜好，也相信必然如此。

崔塗（生於八五四年，卒年不詳）

【簡介】

字禮山。遭逢亂世，一生飄泊，長年羈旅，漫遊於巴蜀、吳楚、秦隴等地。唐僖宗光啟年間登進士，其餘事均不詳。擅長寫詩，詩作多以漂泊生活為題，著有詩集一卷，《唐才子傳》中有他的小傳。

【文學評價】

詩作有蒼涼情調，深沉有致，多為懷鄉、送別、抒發羈旅離怨之作。

元朝辛文房於《唐才子傳》曾曰：「工詩，深造理窟，端能竦動人意，寫景狀懷，往往宣陶肺腑。」

明朝徐獻忠於《唐詩品》評其詩：「崔塗律詩，音節雖促，而興致頗多，身遭亂梗，意殊淒悵。雖喜用古事，而不見拘束。今人格體，類多似之，殆亦矯翮于林越間，而翛然欲舉者也。」

清朝劉熙載《藝概・詩概》曰：「五言無閒字易，有餘味難。」

人生是牌局？

人生是一場牌局嗎？又該怎麼打呢？

起手無回大丈夫？步步為營？我以為，無論手中握的是怎樣的爛牌，都要努力打出最好的成績。

她很乖。在家排行老二，有一個哥哥、兩個妹妹。

大學畢業的那年，父親退休，母親在她面前擔心的說，就怕家計艱難，以後的日子不知道該怎麼辦？那時候，哥哥還在讀研究所，兩個妹妹還小。

她在國中教英文，每月薪水原封不動的交給母親，至於自己的開銷，就靠家教和學校裡的鐘點費支應。

按理說，是她撐起了家計，母親對她應該是滿意的吧？可是後來的發展似乎不是這樣。她沒有依母親的意思嫁給醫生，卻嫁給自己認識的學商的男友，不過是個上班族，家境差，家世更不怎樣。或許，違背了母親的期許，讓母親大為光火。她結婚的大喜時刻，母親缺席，從此再也不曾給她好臉色看。她常想，如果母親愛她，愛屋及烏，遲早都會接納這個女婿的。或許是她太天真了，母親從來不假辭色，也讓她納悶：難道母親不過是把她視為搖錢樹，要的只是她的錢，其餘都不在母親的眼裡？甚至，母親從來沒有愛過她？真的是這樣嗎？

多年來母親對她的不肯諒解，也讓母女關係呈現緊張，即使她百般討好，也難以修復，直到母親去世，所有的恩怨都過去了。

如今連自己的兒女都大了，成家立業。家裡只有丈夫和她兩個人，都是老夫老妻了。人生的黃昏已臨，也是在這個時候，她發現了丈夫感情走私。對方老又醜，還真不知道丈夫看上的是哪一點？

丈夫的背離，讓她很受傷。

年輕的時候，她愛讀李商隱的詩，有多少撲朔迷離，像霧又像花，此刻，自己的景況，不也印證了李商隱的詩〈無題二首其二〉？

那首詩是這麼寫的：

颯颯東風細雨來，芙蓉塘外有輕雷。
金蟾齧鏁燒香入，玉虎牽絲汲井迴。
賈氏窺簾韓掾少，宓妃留枕魏王才。
春心莫共花爭發，一寸相思一寸灰。

東風颯颯的吹起，夾雜著一些小雨，荷塘外，傳來了幾聲輕雷。那口銜鎖環的蟾形香爐，雖然緊閉，燒香仍可投入，那裝飾有玉虎的井雖深，繩索照樣可以汲引。晉朝賈充的女兒，曾隔著簾兒偷看年少的韓掾，幸而後來結為夫婦，宓妃將枕頭留給魏王，只因疼惜他的豐美才情。唉，春心千萬不要跟著花兒爭豔，縱有一寸的相思之情，到頭來終究化為一寸的灰燼。

人間的遇合離散，想來或許也各有因緣，憑誰做主？命運嗎？相思又有什麼用呢？一旦被辜負，也只有成為灰燼了。

是的，當年是她義無反顧的執意要「執子之手，與子偕老」。此刻證明不過是個荒謬的錯誤。只是因為這樣的一個男子，她不惜忤逆母親，堅持要嫁，現在方才察覺，自己的選擇有多麼不值得。可是，如果選的是別人，就能保證婚姻美滿，永遠不會被辜負嗎？

人生是個謎樣的牌局，不到最後的翻牌時刻，誰能確定？

恐怕這也是人生的功課，長遠的學習之路了。

中年以後

中年以後，我們面對最大也最艱難的人生功課，恐怕就是生離死別。

我常在臉書上看到她的訊息，夫妻情篤，真是幾人能夠？兒子都成材，多麼讓人羨慕。

最近，我知道，她要把娘家母親接到臺北來相處一段時間，由於她的母親喜歡文學，我在私訊裡問她：「要不要帶母親過來跟我會一會呢？」

她說，她生病了。我滿腹狐疑：「生病？嚴重嗎？祝早日康復。」

她終究跟我說了實情，她得了肺癌第三期b，我上網查，這病凶險，存活率低微，多麼令人擔心。

這是週末傍晚時刻所知曉的消息，讓我垂淚一整夜。

我不是她的老師，然而，她嫁給了我當年課堂上的學生，昭塏。認識昭塏時，他年僅十三，長大以後，他在臺大教書，表現優異，剛得了師鐸獎。我們在臺北重逢時，他已經結婚，娶了美麗賢慧的妻子，兩個兒子那時正在讀國小。昭塏太忙，常無暇來看我，總是派妻子前來探望，妻子也在大學兼課，這些年來迷於手作，成品各式各樣，圓了她年少時喜歡畫畫的夢，我們都很替她感到高興。能做自己有興趣的事，多麼幸福。

上次她來時，還跟我們分享了她喜歡的童書《鱷魚愛上長頸鹿》和《星月》。前者是套書，「彼此相戀」是容易的事，「讓愛繼續」卻是一輩子的課題。以「多元差異」為主軸、「克服困難」做架構，勾勒出重要、應該，而且可以從小學習的「真愛」。《星月》是一隻小蝙蝠意外掉進了鳥巢裡，開始學習鳥類的生活，衍生出種種的趣味和匪夷所思。此書融合了賞心悅目的圖畫和引人入勝的情節，讓孩子自然的認識蝙蝠的生活與特性，進而消除了內心的恐懼、對立和排斥，體會對所有動物的愛與尊重。是特殊教育的經典書籍，獲獎無數。

可是，這麼好的她竟然生病了，多麼令人擔心。

大詩人韋應物有一首〈秋夜寄邱員外〉的詩，寫對朋友的憶念，多麼情真意切，讓人感動。

懷君屬秋夜，散步詠涼天。
空山松子落，幽人應未眠。

秋天，的確是懷念的季節，在這個清秋微涼的夜裡，我一邊散步，也一邊吟詠著詩句。初秋剛臨，秋意卻已經籠罩了，在這個顯得空曠的山中，那些掛在樹上的松子，遲早都會被秋風掃落，你，這生活悠閒的好朋友，不知在此秋夜裡，是否已經睡了呢。

這麼美好的詩句，也撩起了我對她的記掛和祝福。

秋夜靜謐，恐怕也屬於有福之人方能享得吧。然而，世路的艱難和崎嶇，對每個人來講，都是無可逃躲的試煉。

如今昭皚仰仗極深的妻子病重，不知昭皚將如何走過這段陪病的日子？未來變得這般的撲朔迷離且無法確定，堅強是必要，勇敢是必須。

紅塵的試煉來得如此早，卻又逃躲不得，對昭愷伉儷來說，都是嚴酷的考驗。

站在命運之前，我垂手，無言，唯有誠心祝禱。

但願守得雲開見月明，皆大歡喜。

卷四

花開堪折直須折

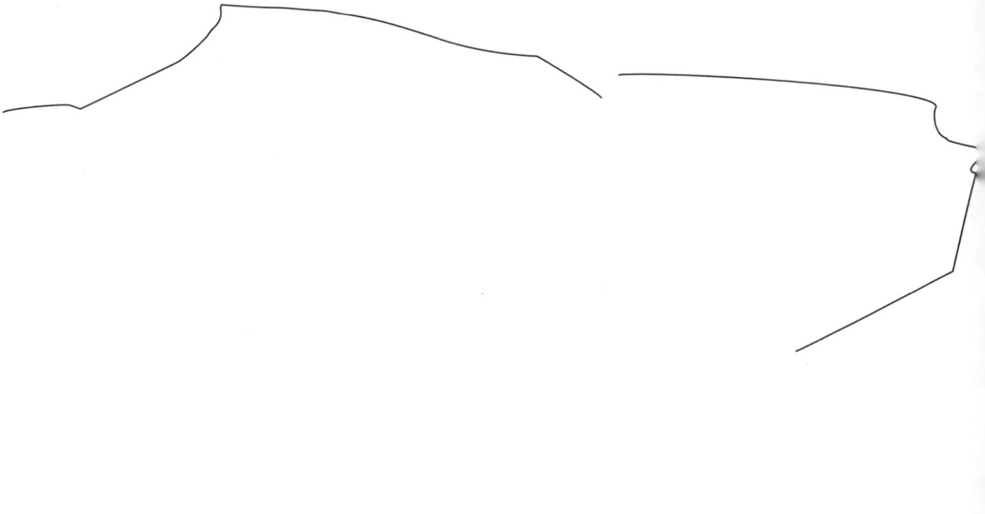

尋幽訪勝

好朋友約了另外兩個朋友一起到臺北來，借住我家一宿，為的是第二天需要辦理的出國簽證手續，她們都住在臺南。

閒著沒事，我們聊天。

她們說：「怎麼不約著一起出國去旅行？卻聽說，妳不愛玩。」

我笑了笑，我在文字裡遊山玩水，樂以忘憂。文章就是案頭的山水，前人不都是這麼說的嗎？

其實，年少的時候我也愛玩，一會兒臺中，一會兒墾丁，也出國，日本、美國、尼泊爾、泰國、關島……好玩嗎？也的確是。只是舟車勞頓，這些年來益發懶了，我甚至想「臥遊」就好。

我比較偏愛東臺灣的景觀，倚山傍水，是它的特別之處。尤其，它的乾淨，比較不受汙染，所以山更青水更碧，直如圖畫一般。

唐詩裡，有祖詠的〈蘇氏別業〉一詩：

別業居幽處，到來生隱心。
南山當戶牖，澧水映園林。
竹覆經冬雪，庭昏未夕陰。
寥寥人境外，閒坐聽春禽。

蘇家別墅是個幽靜的地方，一到這裡來，便生起了隱居的心念。那南面的高山正對著窗口，澧河的流水映現出園林的美。許多的翠竹，被冬天的白雪壓得很低很低，由於花木繁盛，縱使天還未晚，庭院卻也顯得陰涼。這般的幽寂清靜，不聞人聲，我悠閒的坐著，靜靜的聽那春天的鳥聲。

不只園林靜雅，還有山水佳勝，鳥聲更是有如天籟，多麼讓人心生羨慕……

而今我所居住的是繁華的大城，車如流水馬如龍，煙塵蔽天，若不是為了工作和家人，我並不願意長居於此。只是，人生無可奈何的事，又何止這一樁呢？

陶淵明還有一方田園可歸，於是可以掛冠求去。可是我們呢？毫無退路。只在閒暇之時，尋山訪水，偷得浮生半日閒，在山水間走一遭，滌盡俗慮，余願也就足矣。

東部的美，在天寬地闊。潔淨的，何只是大地？還有天、風、山和水，以及我們吸進肺葉的每一口空氣。住在東部的人真有福氣，不費吹灰之力，就可以享有這些。我想，人間如果有桃花源，應該就是這裡了。

朋友開著車，帶著我們到處去玩。天，如此蔚藍；海，這般青碧。而我們尋訪山水的清音，那是天籟，大自然裡最為動人的音符。眼前，是原野風光樸實的美麗，太平洋海濱壯闊無邊，由遠而近款款行來的浪潮，是它溫柔的一面。然而，盛怒時，又會是怎樣的容貌呢？驚濤裂岸，捲起千堆雪？

有人開著休旅車去露營，露營場地規畫好，也玩得盡興。有人騎著單車四處去，兼具了休閒和運動。這些年來，政府大力推展觀光，每個鄉鎮都有特色，引人駐足流連。東部的好山好水，更是值得一顧。行銷臺灣，東部優先。

請看花蓮到天祥的那一段路，連綿不絕的青山，像拔地而起的英雄豪傑，鬼斧神工，足以讓人嘆為觀止。當年的逢山開道，遇水搭橋，其中的艱辛，難以想像。在險峻的峭壁上，不知那青綠的樹苗如何在細縫裡苦苦掙扎著成長？如果那是一首詩，也必然是偉大的史詩，有著磅礡的氣勢，令人敬畏。

東部的美景，是大塊文章，足令頑廉立懦，也讓我們寵辱皆忘。

我們只是過客，然而，山連雲，水接天，還有純樸的人情，多麼讓人難以忘懷。俗慮滌盡，明日，又會是全新的、美麗的開始。

祖詠（六九九～七四六）

【簡介】

號不詳，洛陽（今河南洛陽）人。開元十二年進士，久未授官，後雖入仕，又遭遷謫，仕途坎坷。開元十三年離京歸隱汝墳（今河南省汝陽、臨汝一帶），漁樵度日。少時即有文名，擅長詩歌創作，和王維、盧象等人交遊，與王維交情尤深，多酬和之作，詩風也與王維相近。王維〈贈祖三詠〉云：「結交二十載，不得一日展。貧病子既深，契闊餘不淺。」其落拓不遇的情況可知。明人輯有《祖詠集》。《全唐詩》存詩一卷。

【文學評價】

作品多寫自然景物、田園隱居生活，並講求對仗，風格接近王孟詩派。祖詠作詩最重經營意境，名篇〈終南望餘雪〉僅二韻即意盡而止。殷璠《河嶽英靈集》評曰：「詠詩剪刻省靜，用思尤苦，氣雖不高，調頗凌俗。至如『霽日園林好，清明煙火新』，亦可稱為才子也。」晚明許學夷《詩源辨體》云：「祖詠詩甚少，五言古僅數篇，俱不為工。五言律，聲調既高，語亦甚麗。七言『燕臺一去』一篇，實為於鱗諸子鼻祖。」

《載酒園詩話又編》道：「詠與盧象，稍有悲涼之感，然亦不激不傷。盧情深，祖尤骨秀。」《唐七律詩鈔》云：「祖詠諸公，篇什不多，自是盛唐正軌。」

最愛是臺灣

往日常和朋友們去旅行。

旅行是快樂，拖著旅行箱去機場，搭上銀翼，遊走四方。看不同的風土人情，吃異國食物，好奇的心充滿了雀躍。是的，相異的風物，對我們，都是很好的學習。知道個人的不足，需要謙虛的迎頭趕上；明白自己的幸運，更要知足與惜福。每一次的旅行都收穫滿滿，讓眼睛飽足，也讓心靈豐富。

在日本，有這樣的一句話：「女人是花，男人是樹。」既然女人被比喻為花，可知青春有限，轉眼就要凋零，唯有年輕才是美好。男人是樹，所以，皺紋也得到「年輪」如此善意的比喻。

我看罷，心有不甘，我寧可是風，是雲，沒有性別，卻又無所不在。

再仔細一想，旅行，不也讓我是風，是雲，四處雲遊，無所罣礙？

有一年，我工作好累，偏在那個時候，朋友們邀約一起出國去旅行。我說，好啊。心裡想，旅行，也是另一種休息。

可是，我們要去哪裡呢？

去新加坡？好。去馬爾地夫？好。去夏威夷？我也說好。最後敲定的是關島。

我還在機上，跟著朋友們一起嘻嘻哈哈，填了落地簽證的文件。入關時，對方看了看我的護照，把落地簽證的文件給撕了。

他說：「妳有美國簽證的。」的確是，我累到忘記。

關島不大，居民也不多，我們四處看了一些景點，還參加了海上活動，那時我還沒學會游泳，會游泳，應該更好玩吧。

其實，好玩，從來不是我旅行的重要選項，我在意的是跟誰一起去玩？遊伴的好，才是旅行最大的加分。

我記得在尼泊爾自助旅行時，當地，陪我們玩的朋友卻突然在夜晚時生病了，要吃藥，但是不宜空腹。我立刻從行李箱中，翻出一包蘇打餅乾送給他。第二天，看見他好了，神采奕奕，我們都很高興。他一再的表示謝意，說，臺灣的餅乾，真是太好吃了。

的確是，尼泊爾的餅乾硬得像石頭，而且毫無滋味。真讓人懷疑，那是年深日久的「資深」餅物。

我們尋常的蘇打餅乾，在那次旅行中揚名異域，我們也與有榮焉，十分開心。

唐詩裡有好詩無數，那麼哪一首詩是最有旅行的心情呢？

我們來讀李白筆下的〈下江陵〉一詩：

朝辭白帝彩雲間，千里江陵一日還。

兩岸猿聲啼不住，輕舟已過萬重山。

大清早，我在晨曦彩雲的圍繞之下，辭別了白帝城，距離有千里之遙的江陵，只需一天就可以到達了。在這坐船順流而下的航程裡，只聽到兩岸的猿聲一陣又一陣的傳來，而我所坐的小船，也有如輕舟一般，早已飛奔掠過千山萬嶺了。

這是一首多麼輕快的詩，輕快的，何只是輕舟，何只是兩岸變換莫測的美麗風光、那一陣又一陣的猿聲，更重要的是，給讀者帶來輕快的心情。

輕快歡愉，不就是旅行的心情嗎？

我曾微笑走過許多不同的土地，看過相異的風土人情，其實，我清楚的知道：最愛的是臺灣，那是我們心中永遠的寶島。

時時微笑

你常微笑嗎？

人間行路，多的是憂傷挫折，如果遇上了，該怎麼辦呢？

有人委屈流淚，有人怨天恨地，有人求神問卜，有人甚至讓憂鬱上了身……聽起來，都不夠積極作為。

有個朋友跟我說：「凡遇挫折，必有恩典。」我以為，這是正向的思考。或許，他是個教徒吧？有神的帶領，面對艱困，也會比較篤定一些。

我另外有個朋友說：「我一再鼓勵自己，一定要擁有微笑的人生。所以，不論我遭遇了什麼，都要時時保持微笑，讓微笑成為習慣。」說得也真好。

能活著，就已經是恩典了，那麼，能不更快樂的活下去嗎？我以為，這才是對上天最好的回報，當然，這也只是我個人的想法。

那麼，唐詩裡，有沒有讓人讀了覺得歡喜，想要微笑的詩呢？

且來讀一首貫休的〈宿深村〉詩：

行行一宿深村裡，雞犬豐年鬧如市。
黃昏見客合家喜，月下取魚戽塘水。

一路上走啊走的，來到了這個幽深的村莊裡住宿，寂靜的山村雞鳴犬吠，恰是歡喜遇豐年，熱鬧得如同都市一樣。黃昏時見到客人來了，全家人都笑逐顏開，趁著月色，趕忙戽去塘水，好取魚來招待客人。

這般的純樸而熱誠，多麼讓人感動。讀著讀著，身在其中，無論主客，都是一團歡喜。

這是一首讓我讀來微笑的詩，詩中的情意殷殷，尤其令人感動。我常想，能愛人如己，推心置腹，情誼比酒濃，所謂的桃花源也不過如此吧？

你會喜歡這首詩嗎？清新而溫暖，質樸而熱切。想來也只存在心地善良的人們之間。

每當我想起我的老同學如今必須仰仗呼吸器才能活下去，所有戶外的活動全都力不從心，我不免滿心淒惶，卻又愛莫能助。我的另一個好朋友在脊椎手術之後，疼痛不已，每天都要服用四顆止痛劑，才能勉強維持生活的常軌，也令我十分不忍。健康如此重要，一旦失去，挽回何其艱難不易。的確，病痛是苦，卻又很難避免，於是我常勉勵自己，要常運動，常微笑，讓歡喜的日子能更長一些，最好病痛也能跟著晚一點來到。

是的，即使在尋常的生活裡，能自在的活著，不受病痛的折磨，其中已有上天祝福的深意。我們何其幸運！更要加以珍惜，時時微笑，讓微笑成為一朵又一朵的花，繽紛在人間，成為最美麗的風景。

貫休（八三二～九一二）

【簡介】

出身於詩書官宦之家，七歲時出家。俗姓姜，字德隱。一生能詩善書，並擅長繪畫。記憶力極佳，日誦《法華經》千字，過目不忘。受戒之後，詩名日隆，遠近聞名。

【文學評價】

博學多才，精通詩畫，與齊己、皎然皆以詩聞名，並稱為「唐三高僧」，後人編纂《唐三高僧詩集》。其詩作多為詠物、詠景或與僧俗詩友唱和之作，也有觸及世事的內容。《唐才子傳》曾稱讚他：「一條直氣，海內無雙。天賦敏速之才，筆吐猛銳之氣。樂府古律，當時所宗……果僧中之一豪也。」他的繪畫尤以畫羅漢聞名，在中國繪畫史上享有盛譽。有文集四十卷，詩人吳融為之序，稱《西嶽集》。之後貫休弟子重加編輯，稱《寶月集》。

生命裡的夢田

你喜歡文學嗎？你對文學有過夢想嗎？

我的寫作起步得早，從學生時代，十幾歲就開始習作，寫了，也發表，賺一點零用錢，買書，看電影，請好朋友們吃吃喝喝，開心就好。

雖然寫得早，出書卻很晚。原因是畢業以後，我去偏遠的鄉下國中教書，太熱衷了，有什麼能比看著生命成長更有趣也更有意義的事呢？只要陪伴、疼惜、帶領，那些少年朋友就可能會有更讓人驚喜的發展，這讓好奇的我全神專注，幾乎忘了寫作的事。

寫作，其實還是寫的，大致上維持每月一兩篇，全然只是為了向也喜歡文學的母親交差罷了。也因為寫久了，文字尚稱流暢，報章雜誌上看得到我筆耕的成續，我也只是一一存留在剪貼本裡，其餘不想，或許也沒有時間想吧？

即使不時有報章雜誌轉來讀者的信，還問：「哪裡可以買到您的書？」我答稱沒有，卻絲毫不起出書的意願，儘管那時，我早已寫作多年，積稿盈筴。

有一天，在課堂上，差一點被一個胡言亂語的小男生給氣死。放學後，仍然餘怒未息，還極為哀傷，起伏的思緒一時難以平復。我知道這樣的事或許可能一再重演，真是情何以堪？立即決定要出書。我需要一本實體書來作為人生的成績，以證明自己並非「全軍覆沒」。那時我早已寫了十多年，所有的接洽過程都順利，書由當年製作講究唯美的水芙蓉出版，封面設計是知名畫家龍思良。我的第一本書《生命之愛》因此誕生。就這樣，正式開啟了我的文學創作生涯。

出了第一本書後不久，主編跟我說：「來寫專欄吧。」第一個專欄登場，是《中華日報．兒童版》的「當我們同在一起」，幫忙畫插畫的是畫家洪義男。

此後，閱讀，寫專欄，出書，平日還要教書，夠忙的了。或許，那時還算年輕，尚能應付裕如，只是，經常覺得疲憊，即使我講究工作效率，還是很累，只要一進家門，看到床，就立即倒下。

我跟自己說：已經夠幸運了。能學以致用，何況，無論教書、寫作都是自己喜歡的。若再求，便是貪了……

只是，這教書、寫作都極費心力，總要在苦苦的耕耘之後，才看得到些許成果。感謝我的幸運，大致上，學生都待我好，給了我很多的包容和尊敬，甚至遠超過我的付出。寫作上的挫折也不算太多，每年都出新書，我更喜歡的是每本書都很美，足可以讓我拿來當作「禮物書」，四處送給朋友和學生們。我樂意分享，歡喜就好。

後來，我從教職上退休了，更可以大讀特讀，大寫特寫。當年課堂上的學生早就長大了。他們常來看我，陪我說話，現在他們可是見多識廣，人生的閱歷豐富，幾乎可以回過頭來「教導」我了。好有趣，這完全是初登講臺時的我始料所未及的。

記得，我曾讀過趙嘏的〈江樓有感〉：

獨上江樓思悄然，月光如水水如天；

同來玩月人何在？風景依稀似去年。

我獨自一個人走上江樓，靜悄悄的，不禁想起了許多過往的點點滴滴，這時候，但見江中水月流光與天一色，彷彿凝成了一道銀色的光輝。想起當年和我一起賞月的人，不知道如今人在何處？可是眼前的風景卻彷彿去年一樣。

這是一首登樓憶舊的詩。然而，物是人非，哀傷仍不能免。

可是，紅塵悲喜，又有誰能置之度外呢？

想來人生的短暫，也不過如同朝露吧，轉眼終將消逝無痕。

如此深遠的意境，多麼讓人為之動容。或許，對人生，我們也該試著以豁達來看待。

心寬天地寬，如此，我們才能看到人生更深邃的一面，心中浮現的，總是感恩……

青春早已遠揚，也是在很久很久以後，我才明白，在我，教書和寫作都是我生命中的夢田，精誠所至，生死以之。

是的，我曾經努力耕耘夢田，如今美夢都已成真，不論是在教書或寫作上。感謝上天的成全，平凡的我，唯有真心感恩。

趙嘏（八〇六～八五三）

【簡介】

字承佑，頗有詩名。二十歲前後曾北至塞上，為謀求進身機會拜見元稹、沈傳師等，與盧弘止、杜牧等交遊唱和。於武宗會昌年間登進士第，宣宗大中六年，入仕為渭南尉，世稱「趙渭南」。

【文學評價】

工於詩作，其詩富麗優美而多興味。其七言律詩之作〈長安秋望〉之詩句：「殘星幾點雁橫塞，長笛一聲人倚樓。」曾被誦詠一時，杜牧極為激賞，呼之為「趙倚樓」。《吳禮部詩話》曾云：「趙嘏多警句，能為律詩，蓋小才也。」《詩源辨體》則曰：「趙嘏七言律……聲皆瀏亮，語皆俊逸，亦晚唐一家。」

春曉

你看過花朵的綻放嗎？在那美麗的、悠緩的舒展中，心中的憂愁也得到了釋放，重新又回到了寧靜的氛圍裡。

每當我歡欣鼓舞時，我覺得，在我的心田中，彷彿有一朵花正要緩緩的綻放，那是掩抑不住的喜悅，想要和人分享。

而分享，也常讓我的歡喜之情因此倍增。

只是，所有世間的歡樂從來都無法久留，一如天空中的雲去雲來，總是稍縱即逝。每次當我這樣想，更加感到歡欣的值得珍惜。就像花的綻放，美麗了我們的世界。有誰會不喜歡花呢？我還不曾聽說過。

然而，既有花開的欣喜，也會有花落的哀傷。

孟浩然的〈春曉〉一詩，一直是我非常喜歡的。

詩是這麼寫的：

春眠不覺曉，處處聞啼鳥。
夜來風雨聲，花落知多少？

春天的夜晚催人好眠，醒來時不知天色已經亮了好久，戶外處處，都聽到鳥兒鳴唱的聲音。忽然想起昨夜的風吹雨打，不知道庭院中，那樹上的花兒又落了多少？

這是一首描寫春天的詩，明朗而美好，充滿了詩的韻致。尤其可貴的，在於詩人的悲憫情懷，連落花都關心，那麼，天下蒼生更要時時放在心上了。

這首詩有著無盡的韻味，卻以極為淺白的文字來書寫，其間蘊含的情意殷殷，終究成就了千古絕唱的好詩。每讀一次這樣的詩，想到個人生命中一時的失意，真的，也就不算什麼了。

這些年來，我也越來越覺得人性中善良的可貴，那是所有品德的基礎。倘若，沒有了善良，就只剩下爾虞我詐，淨土不再，人間竟成為一片荒漠，更可怕的是，舉目四望，不見綠洲。

你能那樣的活著嗎？同流合汙，沒有理想？得過且過，自我放逐？我知道，我不能。

因此，我也明白善意的難得。善意可以化解彼此之間的誤會，增進了解，從而有更多感情的交流。善意，像橋梁，搭建在心與心之間，讓雙方消除了隔閡、成見和冷漠，有了更好的溝通，也帶來更多的喜樂。

我們要時時提醒自己：凡事要從善心和善意出發。那麼，外在的言行舉止才能合宜，才有日臻美好的可能。

當所有的善言善行，都能如花綻放，那麼，人世間一片五彩繽紛，迷人眼目，多麼讓人徘徊流連，不忍離去。

如果有這樣一天的到來，相信那正是人間桃花源的再現。

種一朵雲

閒居無事，我讀唐詩，讀到王維的〈送別〉，你還記得這首五言古詩嗎？

下馬飲君酒，問君何所之？
君言不得意，歸臥南山陲。
但去莫復問，白雲無盡時。

我下馬請您喝一杯酒吧，問：「您要前往何處？」您說，「人生在世不得意，想要回到終南山邊隱居。」您只管去吧，什麼也不用再說了，我們的友誼，就像那天上的白雲，沒有窮盡的時候。

這首小詩語淺而情深。白雲無盡，情意無窮。平淡裡，另有一種蘊藉。有多少沒有說出口的祝福和思念，都隱藏在其間，是這首詩令我喜愛的原因……

從我有記憶開始，天上的雲朵一直是我的好朋友。它從不說話，卻長伴左右，知我最深。

也許，當年我是個寂寞的小孩。

雲在天空優游，只要我抬起頭來，總可以見到它的身影，或匆忙或悠緩，常常是靜默的，都足以慰我寂寥。

長大以後，我穿梭在許多熱鬧的場合，那些衣香鬢影、笑聲鼎沸，我卻老是覺得格格不入。我知道，我的內心深處依舊住著那個寂寞的小孩，從來不曾離去。

奇怪的是，只要我在天空尋覓到雲的蹤跡，我便會覺得篤定和安心，因為我明白，我是被了解的。

張潮在《幽夢影》一書中說：「天下有一人知己，可以不恨。不獨人也，物亦有之。」那麼，如此說來，我的知己便是雲了。

我想種一朵思念的雲在你的窗前。每當心湖起了念想，無須跋涉萬水千山，便能輕易的見到你，更可以無視陰雨風雪的阻隔和影響。只不知，當相見一旦變得容易，會不會連情分也略減幾分？

更想種一朵文字的雲，就在自己的屋簷下。此後無須煮字療飢，文字常相親，觸類旁通，要不歡喜也難。文字也是有魔法的，讓人歡喜讓人憂，更能滌盡俗慮，重回起始的清明。

也真想種一朵希望的雲，在所有生命的困阨之處。讓每一個看到的人都能莫忘初心，更願意堅持理想，重燃起心中的熱情，而不是被絕望所打倒，被沮喪所掩沒。是的，有希望，肯堅持，終究可以走過所有的艱難困頓。

還想種一朵愛和寬恕的雲，就在通衢大道旁。時時提醒路過的人們，要放下仇恨的執念，彼此寬恕，讓愛來到人們的心中，那麼，我們生存的世界，才會是和諧、安詳和美麗。

我以為，既然雲朵被種下了，也必然會像樹一樣，日夜滋長，無有止時。歲月流轉，春去秋來，有一天，雲朵都長成了頂天立地的大樹，遮天蔽地。

酷暑時，可以送來無數的清涼，讓暑氣盡去；然而，總有一日，我卻因為年老體衰，而不得不黯然告別。

雲樹，長留在人間，愛、希望和寬恕也會跟著一起留了下來，這將是滿懷愛戀的我對紅塵最後的回贈。

讓心向陽

我喜歡每一個有陽光的日子，尤其是在寒冬的冷冽裡。因為它帶來了溫煦，也帶來了光和影的無窮變化。

你看，在陽光下，草更綠，花更紅，大自然顯得更加的鮮妍美麗，讓人目不暇給。

我尤其喜歡山居的日子。即使是夏日，由於多的是綠蔭，在微風的吹拂下，彷彿盛暑遠去，只覺得無比清涼。連陽光也是柔和的。

我常坐在樹下，拿一本詩集，大聲朗讀，給群樹聽，給花草聽，陽光也好奇，聽得正出神呢。

有一天，我讀的是韋應物的〈答李澣〉：

林中觀易罷，溪上對鷗閒。
楚俗饒詞客，何人最往還？

我在林子裡看完《易經》，就到溪旁，悠閒的和那鷗鳥同遊。想起你所在的楚地，從來都多騷人墨客，只不知誰跟你最常往來？

這是一首和好友贈答的五言絕句，文字清淺，背後卻有著濃郁的友情。看起來就像是尋常聞問，然而，其中多有關懷和思念。看《易經》、溪旁、鷗鳥，彰顯了閒居的寧靜和心性上的淡泊，如此的寧靜自適，也是令人嚮往的……友誼，也像陽光吧。

我常無法想像，如果永遠沒有陽光，這個世界會變成怎樣？萬物不能生長，世界一片死寂，只有冰冷、寒涼和絕望，這樣的環境毫無生氣，又怎麼有活下去的理由呢？

想想看，即使只是在一個密閉的房間，連窗簾都沒有打開，縱使桌上有一瓶花，那花看來也會是暗淡失色的。說不定很快的就枯萎、凋零了。

或許，這一切只是光的作用。

陽光固然重要，我們的心中也要有光，作為行事的依循。如此，才不會背離正道，做出親痛仇快的事情來。

那麼，先讓自己的心中有光，光，讓我們看到更多的美，也袪除了更多的黑暗和陰冷。

更好的是心中有太陽，如：理想、信仰和愛，人生的路走來就會篤定很多。有勇氣，有希望，就不怕世間的風雨憂愁了。

我喜歡有朝氣的人，神采奕奕，彷彿面對什麼難事都能迎刃而解，多麼讓人羨慕。年輕更是本錢，可以認真學習，更可以屢仆屢起，世界是屬於自己可以馳騁的原野或縱橫的舞臺，真是彌足珍貴。

要善用，要珍惜，因為所有的機會都是稍縱即逝的。如果任意揮霍，而不是用來栽培自己，增長見識，最後下場的淒涼，也是可以想見的。

我喜歡陽光，有如向日葵面對太陽。我願朝氣蓬勃，永不見衰老和沮喪。

繽紛的記憶

一條路的美，在於路樹的青翠蓊鬱，而人生讓人依戀不捨，是由於它有許多繽紛的記憶。

我無法想像，如果我失去了記憶，我會變成怎樣？生命，對我而言，恐怕將不再具有意義了。因為我什麼都不記得，我沒有親人朋友，我沒有過往的一切甜蜜，甚至，我也將自己給遺忘了。這是多麼可悲的事，簡直是一場無法想像的可怕災禍。

一個人如果失去了記憶，會不會就像一條路，沒有花，沒有樹，行經其上，只見迎面的風沙襲來，荒涼一片，這樣的場景，你會喜歡嗎？

繽紛的記憶，常會豐富了我們的人生。否則，只留下蒼白黯淡，我們是否還會有前行的勇氣？又何以抵擋外來的風雨？

美好的記憶也常為我們帶來力量，我們的心，因此有所依靠。記憶，是我們和過去的聯繫，藉此，得以回顧過往，也策勵未來。如果我們沒有了記憶，生命，將變得怎樣的冷寂和淒清！這哪裡是我們所樂見的呢？

歲月，像一雙溫柔的手，撫平了我們曾經有過的創傷和哀愁，當年那哀哀無告的痛苦心情，事後回想起來，似乎也並沒有那樣的不堪。一切都變得模糊而又遙遠，彷彿並不真切，如夢一般。可是，歲月，也替我們留下了許多繽紛而又溫暖的記憶，它讓我們清楚的記得，再三的懷想，銘刻在生命裡，不能或忘。

因著記憶，我們也在內心的深處儲存著往日的天真。誰沒有稚嫩的過去？那並不可笑。我們都必須學習，沒有誰是天生具有聰明和才幹的。當我們體認到一己的平凡時，才更願意一步一腳印，付出加倍的努力，認真以赴。逐漸的，我們才能臻於圓熟。

每個人都擁有數不清的記憶，它的繽紛，的確豐富了我們人生的行囊，細數收藏的寶藏，也應該是既歡喜又惆悵的吧。

當我們走在生命的黃昏，眼前是繽紛的晚霞，最後一抹絢麗的顏彩了，黑夜即將掩襲而至了。

年少時，我們都曾讀過李商隱的〈登樂遊原〉：

向晚意不適，驅車登古原。

夕陽無限好，只是近黃昏。

臨近傍晚時，但覺心情煩悶，就駕車去樂遊原閒逛，這時夕陽斜照，風光無限美好，可是已是黃昏，美景轉眼就要逝去了。

人生總是這樣吧，如花的含苞綻放，卻遲早都要衰敗凋零。

我們的青春稍縱即逝，韶光無法久留，然而，當我們真正了然於心時，只怕日已暮，人已老。

唉，如果有朝一日，我必然失智，我但願我忘了那必須遺忘的，卻仍然記得別人對我的善意和愛，是那樣的繽紛迷人。

你可曾聽過，紀伯倫所說的：「遺忘是一種釋放。」
那麼，能遺忘那該遺忘的，也未嘗不是幸福？

歲月給的大禮

我們手中所握有，可以善用的時光，那是歲月珍貴的給予。

記得有一陣子，我諸事不順，處處扞格，竟然身陷在沮喪的情緒之中，很難自拔。謝謝好朋友們給了很多的安慰和鼓舞。

現在，我覺得好一些了。

是的，比起罹患重症，需得經歷種種治療，卻又生死未卜，比起癌末的諸多摧殘，相形之下，人世間的風雨，沒有什麼不能放下的。

我想：有什麼能比生離死別更深沉的苦？更尖銳的痛？

在生死訣別之際，個人的恩怨都顯得輕如鴻毛，不值得一提了。

雲淡風輕，將取代我心中的沮喪。

感謝生命中曾經得到的諸多善意，讓我能比較快的翻轉低落的心緒，讓精神振奮起來。

的確，一生中，需要經歷過多少離合悲歡，我們才逐漸的了解：生命中所有的發生，無論坎坷或困頓，其實都蘊含著上天祝福的深意。

可是，年少時候的我們如何能明白呢？我們哀傷流淚，一再呼號上天的不公。直到有一天，我們走向人生的黃昏，回顧時，我們才真正明白，人生中的所有不幸，以長遠的時光看來，竟然都成為十分難得的幸運。

怎麼會這樣？其實，那就是歲月給的大禮。

當初的哀傷流淚，所以我們奮發圖強。

當初的坎坷困頓，所以我們越挫越勇。

而經由這種種的努力不懈，終究扭轉了我們原先的命運。

這哪裡會是我們事前預測得到呢？竟然，最後它成了上天對我們的祝福。

如今，我已走到人生的黃昏，眼前是彩霞滿天，那是生命中最豔麗，也是最後的一抹顏彩了。

想起，我年少時曾經讀過王之渙的〈登鸛雀樓〉，多麼韻味雋永的一首名作：

白日依山盡，黃河入海流。
欲窮千里目，更上一層樓。

登上鸛雀樓，就看到一輪落日，在遼闊的、高低起伏的山陵上，慢慢的沉落了，此時，黃河的水也浩浩蕩蕩的奔流入海，氣勢磅礴，無有止境。如果，還想看盡千里以外的景物，那就得再爬上更高的一層樓了。

這首詩豪壯雄奇，明為寫景，實則蘊藏了人生的理想。

是的，我們唯有站得高，才能識見廣闊。

然而，此刻縱使我站得再高，我還能看到多少來到眼前可供揮灑的時光呢？

我清楚，當繁華落盡，我看到了最真純的本心。

當一切都了然於心，我們唯有深深感恩。

王之渙（六八八～七四二）

【簡介】

字季凌，出身於太原王家，是當時的名門望族，從曾祖父到父親皆為官。自幼好學，不到二十歲便可精研文章。少年時期重豪俠義氣，生活不羈，到了中年一改前習，專心寫詩，與高適、王昌齡等詩人相唱和，詩名大噪。曾一度擔任官職為冀州衡水縣主簿，然因遭人誣謗，乃拂衣去官。晚年復出任文安縣尉，在任內期間過世。

【文學評價】

精於文章，善於寫詩，尤其擅長五言詩，其描寫邊塞風光的詩作氣勢磅礴，意境開闊，廣為傳誦，

與岑參、高適、王昌齡被後世稱為「四大邊塞詩人」。然其多數詩作散佚嚴重，僅存六首輯入《全唐詩》中，以〈登鸛雀樓〉、〈涼州詞〉為代表作。

沈括曾評其詩曰：「河中府鸛雀樓兩層，前瞻中條，下瞰大河，唐人留詩者甚多，

唯李益、王之渙、暢當三篇，能狀其景。」靳能《王之渙墓誌銘》稱其詩「嘗或歌從軍，吟出塞，曒兮極關山明月之思，蕭兮得易水寒風之聲，傳乎樂章，布在人口。」

看見純淨的自己

獨處的時刻，我們便看見了純淨的自己。

每天，或者每隔一段時間，尤其是在身心俱疲的時候，我們要有機會讓自己獨處，就在那樣的時刻，可以讓我們的心靈得到暫時的沉澱。

彷彿是繁華落盡，當我們獨自面對自己時，沒有外在的喧嘩和干擾，我們更能夠誠實以對。

獨處時，我們只和自己在一起，放下了所有的武裝和偽裝，真實的看著內心，那個脆弱、害羞、想要逃躲的，卻也是最真實、最純淨的自己。就利用這個時候，真誠的和自己開始對話吧，坦白無欺，也從而找到了情緒的出口。在靜定之後，待心情平復後，我們重新又有了力量，可以面對更大的風雨侵襲，扛得起對現實的挑戰。

有的人害怕獨處，覺得那不是太孤寂了嗎？會不會，心裡想的是陳子昂〈登幽州臺歌〉：

前不見古人，後不見來者；
念天地之悠悠，獨愴然而涕下。

向前看，看不到已經逝去的古人。往後看，也見不到即將來到的人。想起了天地的幽渺長遠，無有窮盡。不覺獨自感傷的流下淚來。

這是一首登高懷遠的詩，令人讀來，不免泫然流涕，慨然悲歌。

於是，怕獨處的人寧可跑進跑出，和熱鬧的人群擠在一起，歌臺舞榭，甚至夜店狂歡，然而，總有曲終人散的一刻，畢竟又回到了孤單的自己。

在他，孤單是寂寞的同義詞。而孤單，從來是難耐的。

為什麼不試著學習和自己相處呢？你也可以成為自己的好朋友。在這個世界上，還有誰能比你更了解自己呢？

也請試試看獨處吧。當你愛上了獨處，將會發現，更自由，更快樂，更加有所得。

獨處時，我們看見純淨的自己，心靈被滌洗一番，寵辱皆忘。世俗的紛爭，不再縈繞於心，這時，我們才找到了真正屬於自己更深刻的快樂。

意外的收穫是，人生竟因獨處而變得更為豐美，更有意義。

陳子昂（六六一～七〇二）

【簡介】

字伯玉，漢族，梓州射洪（今屬四川）人。因曾任右拾遺，後世稱為陳拾遺。光宅進士，歷仕武則天朝麟臺正字、右拾遺。解職歸鄉後受人所害，憂憤而死。其存詩共一百多首，其中最有代表性的是《感遇》詩三十八首，《薊丘覽古贈盧居士藏用》七首和《登幽州臺歌》。

【文學評價】

唐代初期詩歌，沿襲六朝餘習，風格綺靡纖弱，陳子昂挺身而出，力圖扭轉這種傾向。陳子昂的詩歌，以其進步、充實的思想內容，質樸、剛健的語言風格，對整個唐代詩歌產生了巨大影響。陳子昂死後，其友人盧藏用為之編次遺文十卷。今存《陳伯玉文集》是經後人重編。方回在《瀛奎律髓》裡說：「陳拾遺子昂，唐之詩祖也」，故被稱為「唐詩詩祖」。因其詩「風格激昂，詞意高俊」，有漢魏之風骨，又被譽為詩骨。

留白天地寬

殘冬將盡，一年也走到了歲末，很快就要來到春暖花開。既是結束，也將開始，昭告了已是回顧與前瞻的時刻。

眼前的流光緩緩，卻總在回顧的那一刻，驚覺韶華匆匆，消逝的歲月再也無法重返；然而，我已經夠認真了，若還做得不夠好，又能怎樣呢？

我總是不肯輕易的原諒自己，會不會這才是我將自己逼至絕境的真正原因？我很難安享逸樂，因為那從來不是我的人生態度。

我要努力，還要更努力，如此，我才能心安。

我與人為善，我也努力去幫助我認識的每一個人，我以為那才是生命的意義，讓我們居住的所在可以變得更好，更宜於人居。

也許，我也是另一個唐・吉訶德？

一場眼睛手術，術後還需要靜養，不能用眼，無法工作，於是，一切因此停頓，我精疲力竭，有著前所未有的疲憊。才知道幾十年來我的孜孜矻矻，從來不曾停下腳步，已然讓我的健康受損。

我從來對自己不假辭色，我終究明白，對自己過於苛刻；我愛別人，卻不愛自己。我工作的時間太長，休息太少。我不曾懈怠，交得出好成績，可是我不曾疼惜自己。

我錯了，如果我不愛自己，我哪有能力愛別人呢？

一場眼睛手術，也讓我知道，原來，我被許多人所關注、照料和祝福，他們願意陪伴、協助、勸慰，以各種不同的方式。那樣的溫暖，讓我滿心感動，甚至忍不住流淚。

此後，面對新歲，我要一再的告訴自己：務必記得，在美善之前駐足流連。

能不能，我也去看滿天的星輝，也讓腳步漸緩，過悠閒安詳的歲月？

能不能我也像韋應物在〈滁州西澗〉一詩中所寫的：

獨憐幽草澗邊生，上有黃鸝深樹鳴；
春潮帶雨晚來急，野渡無人舟自橫。

河岸邊長滿了細細的青草，多麼讓人心生憐愛啊；茂密的樹林深處，不時傳來了黃鸝鳥清脆的鳴聲。黃昏的時候，陣雨過後，使得春天的潮水更顯得湍急了起來；在這個荒野的渡口，不見人影，只有一條孤單的小舟悄悄的橫靠在水邊。

如此自然淡泊卻又充滿了圖畫的趣味。在寧靜的氛圍裡，仍有掩藏不住盎然的生意。會不會我自己也可能是在一片蒼茫的暮色裡，荒野的渡口，沉寂的雨後，那兀自橫躺的一葉小舟呢？

寂天寞地裡，也唯有靜觀的眼，才能默默領受了大自然的閒適之美……

我想，既然我一直是與世無爭的，那麼為什麼要背負工作，而讓自己忙到不可開交？或許，我只是害怕迷路？

世間的名利，何曾放在心上？既然如此，更要提醒自己：留白天地寬。

活出無憾

世間所有的美麗都無法長留，畢竟在現實中永恆是不存在的。這麼說，你會不會覺得惆悵呢？

花朵不能長留，青春也是，甚至連軀體、生命和時光，也都將逐一離我們遠去，更不必說名與利了，簡直宛如天上的浮雲。那曾經是我們傾以全力追求的，私心慕戀的，到頭來全都是一場空。

花開是燦爛，也是歡喜，那麼，花落呢？殘敗零落，帶給我們的，難道不是無限的悵惘嗎？

你曾讀過韋莊的〈殘花〉一詩嗎？詩是這麼寫的：

江頭沉醉落殘暉，卻向花前慟哭歸。
惆悵一年春又去，碧雲芳草兩依依。

我滿心沉醉的佇立在這晚春的江頭，眼前是夕陽的餘暉，多麼的光燦美麗啊，然而面對著殘花，想到生命的短暫易逝，忍不住痛哭而回。一年的春日又將離去了，心中興起了無限的惆悵，唯有天際的浮雲、大地的芳草，依舊是兩情依依。

花兒開落，春來又春去，年復一年，時光就跟著一去不復返了。可是，年少的時候，我們哪裡能洞徹這些？我們攘臂爭先，唯恐落於人後。在多少的競逐之後，有些我們得到，有些我們落空。就像鐘擺，我們在得意和失意之間不斷的擺動，直到油盡燈枯，終究明白萬般帶不去，我們依舊空手落寞的離去。

總是這樣的，世間所有的一切，尤其是名利，難道不也如同曇花一樣，轉眼就不見了嗎？到了那樣的一天，當我們告別這個世界時，無論願與不願，都必須捨下，沒有什麼可以帶得走的。

面對著不能長留的事實，你還能冀望什麼呢？

但願在我活著的時候，我曾經努力善待今生的所遇，曾經鼓勵過別人也幫助過他們，無論識與不識。

英國大詩人華茲華斯曾經說過這樣一段我很喜歡的話：「一個人生命中最珍貴的一部分，就是那微小、默默付出，不為人知的、發自仁慈與愛的善行。」

的確，善心、善言和善行，為世界增添了無數的溫暖和美麗。

但願我也能這般的奉行，那麼，當我遠逝的那一刻，我便能坦然離去，而沒有憾恨。

若能活出無憾，在我，也是一種由衷的歡喜與圓滿。

韋莊（八三六～九一〇）

【簡介】

字端己，工詩詞，唐朝花間派詞人，詞風清麗。早年屢試不第，直到年近六十歲方考取進士，任校書郎。入蜀為王建掌書記，自此終身仕蜀，官終吏部侍郎兼平章事。

【文學評價】

詩詞皆有名。作品多以傷時感舊、離情懷古為主題，創作風格上雖不脫深情款語，然淡雅有致。其長篇詩作〈秦婦吟〉反映戰亂中婦女的不幸遭遇，在當時頗負盛名，後人將〈孔雀東南飛〉、〈木蘭詩〉與韋莊的〈秦婦吟〉並稱為「樂府三絕」。尤工詞，與溫庭筠同為「花間派」代表作家，並稱「溫韋」。《全唐詩》錄存其詩六卷，另有《浣花詞》輯本。明朝楊慎《升庵外集》評韋莊詞：「明白如畫，蘊情深至。」況周頤《蕙風詞話》稱他「尤能運密如疏、寓濃於淡，花間群賢，殆鮮其匹。」王國維謂之「骨秀也」，評價更在溫庭筠之上。

人生會很美

你覺得：你的人生是美的？還是不美的呢？

如果不美，要如何才能讓它變得美呢？

持續的行善，宛如青春之泉，讓我們保持了心境上的年輕。內心年輕了，我們也變美了。

不斷的學習，會帶來進步。日有進境，也讓我們特別開心。開心時看人生，人生會很美。

每天只要前進一點點，日積月累之後，這讓我們走在一條更好的路上，我們都清楚的知道，人生會很美。

即使只有一點點的改善，然而，功不唐捐，持之以恆，在長久的堅持之後，就會帶來很大的改觀。

我有個朋友，認真讀書，努力修為，三十年後，連相貌都和往日不相同了，慈藹了許多，讓人即之也溫。整個人煥發出來的光彩，是精神的，也是美的。

記得，我年少時讀過杜秋娘的〈金縷衣〉，如今有機緣再讀，內心的感觸更深，啟發更多。

詩是這麼寫的：

勸君莫惜金縷衣，勸君惜取少年時。
花開堪折直須折，莫待無花空折枝。

勸你不要過分珍惜那用金絲線縫製而成的貴重衣裳，勸你要加倍愛惜年少美好的時光。當春天花開燦爛的時候，就要把它採摘下來，好好欣賞，而不要等到它凋謝委落，到那時，就只能攀折它的枯枝，後悔都已經來不及了。

再讀這首詩，曾經有多少歲月如飛的逝去，離合悲歡的滋味嘗盡，更能在字裡行間，細細體會出，詩人殷勤勸人愛惜光陰的心意。的確，韶光難再，青春珍貴，哪裡經得起一再的揮霍和浪擲呢？

然而，世間有人勤奮，努力上進；也有人自甘沉淪，壞事做盡。即使童年時宛如天使的容顏，到後來越來越猙獰，竟然像是魔鬼一般。相由心生，從來如此，由不得你不信。所以，保守我們良善的心，有多麼的重要，哪裡能掉以輕心，視若等閒？

你呢？你是不是努力向著真善美前行？你是不是願意進德修業，冀望日起有功呢？勿以善小而不為，勿以惡小而為之。謹言慎行有必要，同走美善的大道是必須。你做得到這樣嗎？

在我，雖不能至，心嚮往之。

人生會很美，是來自我們鍥而不捨的學習、日日精進。當我們的內心變得更加豐厚，關心世界，與人為善，人生哪會不美？

杜秋娘（生卒年不詳）

【簡介】

活躍於八世紀至九世紀間。杜秋，《資治通鑑》稱杜仲陽，後世多稱為「杜秋娘」。十五歲時為李錡的妾侍。後李錡造反敗，被納入宮中。穆宗即位，任命她為兒子李湊的傅姆。後來李湊被廢去漳王之位，杜秋賜歸故鄉。杜牧經過金陵時，見杜秋景況堪憐，作了〈杜秋娘詩〉，詩中附了一段注（即七言絕句〈金縷衣〉），並未說為誰所作，後世多歸入杜秋娘的作品，包括《唐詩三百首》。

附錄

生命的溫度：再遇作家琹涵

湯崇玲

圖書館一整排琹涵的書，不覺驚呆。上次遇見她，竟是在三十多年前的國中課本，忍不住要學張愛玲說：「哦，你也在這裡嗎？」上網查看方知自己孤陋寡聞，當年教科書中的作者不過三十餘，一路筆耕至今，這些年下來早已著作等身。

翻開書頁，一則則故事把一首首詩和一個個人串起來，變成美麗的珠鍊。少年時不知道這些文字的價值，只當作一般勵志文章，如今回頭才明白，沒有溫柔的心是不可能有美麗的眼光寫出生命的瑰麗。

學生們的故事格外打動我，真是教師心語！曾經悉心澆灌孩子們的老師，後來用筆細細描繪他們的少年身影和如今長成的樣式：過去的安靜孩子如今妙語如珠、以前連燒開水都不會現在卻是家事達人，更有學生效法老師執起教鞭，把對書對教學的熱愛傳承下去。當然，面對遭遇患難甚至滅沒的學生們，老師也難免唏噓感傷。

當年的孩子們如今與老師歡聚一堂，讓琹涵感念生命的豐盛：「往日的我一直以為是寫作改變了我的人生，然而此刻想來，在我的青春歲月裡，有幸能和一群如同天使的你們相遇，也讓我的人生因此不同，衷心感謝你們長久以來對我的善意。」青年為師的謹嚴，中年為師的慈愛，老年為師的感恩，都是喜樂。師生之間美麗的交會，莫過於此。

作家筆下的女性故事也讓我動容，多年的寫作，讓琹涵的女性故事呈現出另類的臺灣女性史，不同年齡不同階段的女性故事讓樸素的書本繽紛起來，但我好奇其中那些憂傷的、感慨的故事，為什麼也帶著力量呢？

原來，琹涵把一個個朋友寫進書裡。「當我想起他時，便在書頁間翻翻找找，重讀之下，許多的陳年往事又都重現眼前……唯有在這個時候，我恍若經由時光隧道，得以再次和好友相會，莫逆於心，也才覺得寫作的『好』，是另一種豐收。」

作家喜歡人，在她眼中好人情比好山好水更美，她不是為寫而寫，而是為友誼而寫、為人情而寫。因此她的筆「不只記錄了屬於自己人生的履痕，也寫下了這一路行來我曾經觀察過的生命風景和感動。」帶著盼望與人情的眼睛，才能使許多故事都沾染著溫潤的力量。

說到底，都是心的作用，心中無人情，怎能感受到生命的溫度呢？心中無盼望，怎能寫出力量的篇章呢？是以作家引用《聖經》：「你要保守你的心，勝過保守一切，因為一生的果效是由心發出。」

但要如何保守我們的心呢？

靠著修為或許能夠養成道德的言行，卻難以避免個人內心中的驕傲與虛假，進而失去對人的柔軟與同理，甚至造成道德僵化的桎梏。君不見魯迅〈祝福〉中，一個個貞節婦女詰問祥林嫂的嘴臉？

要如何保守我們的心？甚願人人都能遇見愛，便能如作家隨時隨處播撒愛的種子。

——原載二〇二二年十一月十四日《人間福報》

讀者筆記

九　歌　文　庫　1　4　0　7

珍愛在唐詩

55首擁抱人間煙火的絕妙好詩

國家圖書館出版品預行編目（CIP）資料

珍愛在唐詩：55首擁抱人間煙火的絕妙好詩 / 琹涵 著. -- 初版.
-- 臺北市：九歌出版社有限公司, 2023.6
面；14.8 × 21 公分. -- (九歌文庫；1407)
ISBN 978-986-450-568-5 (平裝)
863.55　112006603

作　　者——琹涵
責任編輯——張晶惠
創 辦 人——蔡文甫
發 行 人——蔡澤玉
出　　版——九歌出版社有限公司
台北市 105 八德路 3 段 12 巷 57 弄 40 號
電話／02-25776564・傳真／02-25789205
郵政劃撥／0112295-1

九歌文學網　www.chiuko.com.tw

印　　刷——晨捷印製股份有限公司
法律顧問——龍躍天律師・蕭雄淋律師・董安丹律師
初　　版——2023 年 6 月
定　　價——380 元
書　　號——F1407
I S B N——978-986-450-568-5
9789864505715（PDF）